生命的支點

別不相信，一句話能改變人生

王壽來 著

序

今天個人有幸能在社會上受到藝術愛好者的些許肯定，甚至於因此得以安身立命，討個生活，認真說來，並非自己有什麼特殊的天分，或是加倍的勤奮用功，也談不上是什麼機運使然。在波濤洶湧的人生海洋中，時而風雨交加，時而晴天霹靂，如果沒有「友直、友諒、友多聞」的好友指引護航，我絕不可能安然抵達可以棲身的港口。

一九八〇年我行腳非洲進行創作研究，在南非結識了一對年輕小倆口，即王壽來和謝小韞賢伉儷。夫妻倆一生致力於文化工作，孜孜矻矻，深耕台灣。由於彼此皆在同一藝文領域活動，遂能時相往還，互相切磋。我和壽來兄有著相似的教育和生活背景，以及對藝術共同的愛好，因而漸漸地領受到他那種精進好學、低就無怨的處世風格。

舉例來說，他在擔任文建會主任秘書時，工作雖然忙碌，卻常常約我在中午休息時間，到他辦公室邊用便當邊聊天，我們可說無話不談，從國家大事到檳榔西施、同志感情，不一而足，其中不少談話內容後來都成為他筆下的題材。

壽來兄在公務纏身之餘，仍勤於筆耕，用勵志性詼諧的文章鼓舞人們。他引薦世界最具影響力的名家給我們認識，諸如：曼德拉高瞻遠矚的政治情懷，愛默生拈出人生每一天都是一年最美好的日子，以及史蒂文生強調朋友是你送給自己的一份禮物等等，讀來無不受用無窮，而作者本身對孝親的真誠實踐，亦在在令我大為折服。

對我而言，心情好的時候，喜歡看他的文章，心情不好的時候，更愛看他的文章。因為從壽來兄行雲流水、娓娓道來的諸多佳文中，不僅讓我們深切體會偉人的處世精髓，更讓人從中得到生活的動力電池，隨時用來啟動我們因挫折失意而熄火的引擎，進而使我們在困頓之中仍能滿懷信心，鼓勇前行。

感謝上蒼讓我這一生有幸能與這一對夫婦結為好友！

【本文作者簡介】

吳炫三，台灣知名畫家、雕塑家，曾獲得十大傑出青年、吳三連文藝獎、中山文藝獎、國家文藝獎，以及法國藝術文化騎士勳章。著有《非洲獵奇》、《吳炫三隨筆》、《原始世界的傳奇》、《南太平洋的傳說》、《萬里塵沙》等書。

自序

人生許多美事，即使不能完全歸諸於冥冥之中的定數，亦往往得力於一些助緣，在出書這件事上，我一向有此體悟。

話說幾年前，國內專門編印學校教科書的翰林出版公司，決定把我訪日歸來所寫的一篇短文〈櫻花精神〉，編入國中國文課本中，並派了兩位資深編輯親來我辦公室做專訪，我好奇的問說，何以看中此文，他們直言，除文筆外，還是著眼於該文主題的勵志性。

此一殊勝的因緣，觸發了我執筆撰寫此類文章的興味，這也就是為何《中華日報》副刊主編羊憶玫，先後兩次約我長期撰稿時，我會把專欄取名為「生命的支點」與「心靈的綠洲」的主因。

無可否認的，世途漫漫，無論是再怎麼順遂的人生際遇，既擋不住似水年華的一去不返，也難免有風風雨雨、起起落落的時候，因此，如何面對宿命，穿越苦難，以及走出無法排解的疑惑，幾乎成為每一個人一生中必修的功課。

於是，有人乞靈於宗教，把神的話語奉為「腳前的燈，路上的光」，有人求助於佛門上師，期盼獲得開示與加持，也有人在古聖先賢的名篇中尋找智慧的結晶，而我自年輕時即喜好閱讀傳記與名人語錄，從中確實也得到不少可貴的啟發與力量。

舉一實例來說，筆者就跟世間諸多凡夫俗子一樣，過去常與三五好友聚會聯誼，大家天南地北，聊得好不開心，而儘管我也理解古人所說「不為無益之事，何以遣有涯之生」的道理，可是，事後心中總不免有點罪惡感，悔恨自己擱著正經事不做，卻浪費時間在擺龍門陣上。

直到有一天，我讀到英國劇作家巴利（James Matthew Barrie）所說的「一定有人警告過你，不要讓黃金時光溜走，然而，有些時間之所以被視為黃金時光，正是因為我們讓其溜走」，我才恍然有所領悟，心中之耿耿，終可釋懷。

此外，我還要特別說明一下，在我的文章中，每每引述世界名人的經典語錄，作為佐證，而這樣一種體例，無形中，也變成自己寫作的風格。友人可能不知，迄今，筆者個人所收藏的英文語錄書籍，已達一兩百種之多，它們在在成為我寫作時不可或缺的資料泉源。

這本散文集所收錄的文章，過去在報刊發表時，獲得不少讀者的熱情回應，今有機緣結集問世，我要衷心感謝「華副」的羊憶玫主編，要不是她三不五時的殷勤敦促，我手中的這隻鈍筆恐怕早已生鏽。

當然，我也要特別感謝「遠流出版公司」董事長王榮文先生。他是出版業界的巨子，過去數十年來，他提攜過的作家與寫手可謂無計其數，而他對筆者個人的厚愛，點點滴滴，我將永銘在心！

此外，為此書費心擔綱文編工作的曾淑正副總編輯、慨允作序的著名藝術家吳炫三老師，均讓我深深感念，在此亦一併深致最誠摯的感謝之意！

目錄

一定有人警告過你，不要讓黃金時光溜走，

然而，有些時間之所以被視為黃金時光，

正是因為我們讓其溜走。

——英國劇作家 巴利

You must have been warned against letting the golden hours slip by; but some of them are golden only because we let them slip by.

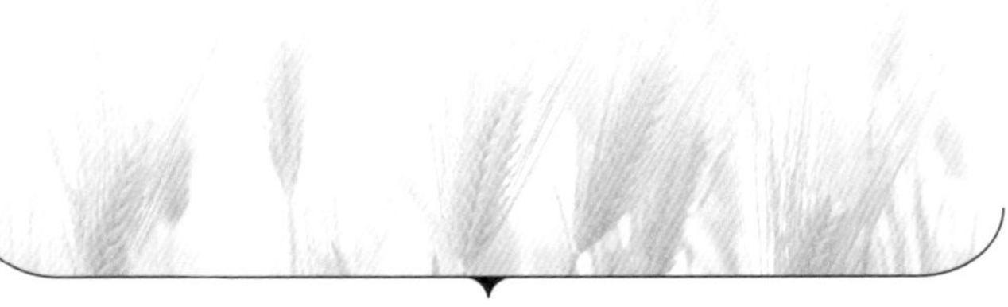

「黃金時光」新解

多年未見的老友從僑居地加拿大回台探親，來電敘闊，天南地北，聊得好不開心。算來距上次兩人聚首，已數易寒暑，大家天隔一方，碰頭的次數屈指可數。就在彼此談興正濃之時，老友突然說還有正事待辦，匆匆寒暄了幾句，就草草收線，讓我備感悵惘。

正事、正事，人生究竟什麼事才算正事？天道酬勤、功不唐捐的道理，可說是國人代代相守的家訓，也是老師對學生耳提面命的教誨，更是上司督促部屬的金科玉律。此一把握時間、及時努力的觀念，深植人心，影響許多人一生一世的行為模式。於是，求學時期，只有讀書是正事、準備考試是正事；在進入社會做事後，唯有工作是正事、加班是正事，其餘一切都淪為無關宏旨的閒事，或行有餘力而為之的餘事。

當然，這也並非國人獨有的處世哲學，歐美社會何嘗不然？當年我在美國華府求學時，常去指導教授的研究室向老師請益。這位美國老教授很有意思，喜歡在房門上貼一些小卡片，抄錄著一些名人嘉言或小故事，啟發學生勤奮向學。可想而知，類似「及時當勉勵，歲月不待人」的訓勉，也在其中。

老教授特別推崇甘迺迪，在上課時褒貶美國歷任總統，每每將甘氏評為個中翹楚。猶記得，在其研究室門上，就讀到一則有關甘氏說過的故事，寓意深長，值得玩味。故事大意如下：

十九世紀殖民地時期，法國駐摩洛哥首任總督利奧泰（Louis Hubert Lyautey），有一次交代其園丁種一棵樹，園丁面有難色，婉言道：「這種樹生長得特別緩慢，沒有百年，難以成形。」利奧泰回說：「要是這樣的話，那就更不能浪費任何時間了，今天下午就把它種下去吧！」

其實，除了父母、師長、上司的叮囑外，最會提醒一個人不可浪費大好時光的，恐怕就是我們自己了。不談別人，就拿你我來說好了，在人生的大道一路行來，因浪費時間而自怨自艾、懊悔不已的時候，又豈可勝數？這種生命經驗，固是自愛自省的表現，而一旦失之嚴苛，就等於是存心跟自家過不去！

不錯，時間的管理確實是一大學問，也是重要的人生課題，惟若時時刻刻以功利為導向地去算計時間運用的得失，輕忽了世間真情與諸多美好事物，就未見得是上上之策了。咀嚼俄國現實主義小說家屠格涅夫（Ivan Turgenev）所說的：「時間一如小鳥般飛馳，有時卻又像蝸牛一樣爬行；人們唯有在注意不到時間消逝的快慢之時，才是最快樂的時候。」或許，我們方能對時間的意義有另外一番深層體悟。

年前，偶然讀到以《小飛俠彼得潘》一書馳名於世的英國小說家巴利（James Matthew Barrie）之言：「一定有人警告過你，不要讓黃金時光溜走，然而，有些時間之所以被視為黃金時光，正是因為我們讓其溜走」，心中的感動，真是無以名之，猛然間，南宋詞人辛棄疾所描繪「眾裡尋他千百度，驀然回首，那人卻在燈火闌珊處」的那樣感悟，彷彿顯現於心，多少年來，始終糾結於心的矛盾與掙扎，剎那間竟然獲得了救贖般的解脫。

黃金時光、黃金時光，我們擁有它，正因為我們樂在其中，無視於時間腳步的快慢！

朋友是你送給自己的一份禮物。

——英國作家 史蒂文生

A friend is a gift you give yourself.

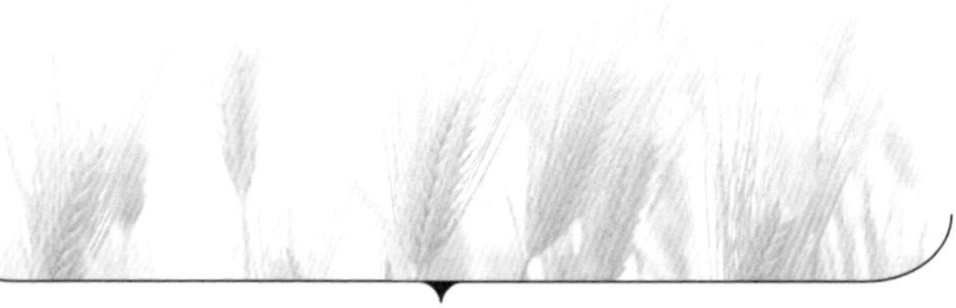

一本童書中的哲理

日前，美國《紐約觀察家週報》（*The New York Observer*）以「付錢交友：倦於真正的關係，有錢的紐約人僱用替身」為標題，刊出了一則探討美國上流社會社交的專題報導。作者以現身說法的方式，把自己出入富人交際應酬場合的發現，以及第一手的觀察，一五一十的披露出來，內容生動有趣，又發人深省。

文中指出，美國有不少功成名就的人士，沒有時間交真正的朋友，而他們嫌原來的朋友要不是憤世嫉俗，要不然就是尖酸刻薄，有些甚至還會開口借貸，所以他們寧願花錢找人當朋友，為的是，他們需要友人的陪伴與奉承，更何況這些買來的朋友，最懂得察言觀色，往往言聽計從，非常好用，可以呼之則來、揮之則去，隨時任其驅策。

該文的作者，為了深入瞭解這一門新興的「服務業」，還花了不少時間明查暗訪，採訪到多位從事這一行的圈內人，其中一名直言道：「這些闊佬若是真的有那樣快樂與滿足的話，又何必找我遠赴夏威夷陪他們尋歡作樂呢？」可說一語道破了不少有錢人固然腰纏萬貫，但心靈卻十分空虛寂寞，既然無心於結交真正的朋友，那就只好退而求其次，花錢僱人來扮演此一角色了！

說來，真是有點可悲，朋友貴為五倫之一，是古人所謂「金蘭之交」、「莫逆之交」、「生死之交」所形容的對象，是俗語「在家靠父母，出門靠朋友」中的主角，是古往今來人際網絡中不可或缺的一員，然而，在現今金錢掛帥的世風襲捲下，曾幾何時，竟淪為美國上流社會金錢交易的奢侈品，此一現象不也赤裸裸的揭露了現代人心靈的貧乏與墮落？

讀到這樣一篇有如都市浮世繪的趣文，不禁讓人聯想起二十世紀初英國作家畢爾邦（Max Beerbohm）所寫的名篇〈談送行〉。畢氏以極其幽默風趣的筆調，描寫他到火車站為友人送行的時候，瞥見一位衣冠楚楚的中年男士正跟一名年輕女客慇慇話別，表現出一副難捨難分的樣子，甚至在汽笛響起，火車已然啟動之際，那個男的還趨前作最後的叮囑，眼眶中滾動的淚水依稀可見。

等火車遠去之後，畢氏才認出那位真情畢露的紳士，乃是自己多年未見的老友。他趕緊上前寒暄，相詢之下才弄清楚，當地有一個名為「英美聯誼協會」的組織，專為異鄉羈旅的美國人作送行的服務。那些無友人相伴，而生怕孤獨踏上歸途的旅人，只要事先完成通報及繳費的手續，屆時就有專人前往送別。換言之，以有限的金錢，換取精神上一時的滿足，縱使明知對方可能只是一番虛情假意，仍然多少可以填補幾許心靈的孤寂。

畢氏之文，看似與《紐約觀察家週報》之報導大異其趣，但不可諱言的一點，就是兩者都突顯了人生旅途中朋友的重要，以及在現代都會中人們心靈的空虛，和凡事只求速成的病根。

其實，這也就是世界名著《小王子》的作者聖修伯里（Antoine de Saint-Exupery），所以會在書中透過狐狸與小王子的對話，說出了下面如此沉痛之言：「人們不再有時間了解任何事情，他們總是到商店購買現成的東西，但世上並沒有販賣友情的店鋪，於是，人們也就沒有朋友了！」

對小朋友而言，聖修伯里的提點，未見得會有多深刻的感受，但對無數成人讀者來說，卻可能有當頭棒喝之感，甚或讓我們醒悟到真正友情的建立，絕不可能一夕之間速成，而必須有真誠感情的投入，以及時間的堆積。畢竟，所謂一見如故的朋友，永遠可遇而不可求！

講到交友之道，恐怕每個人身邊一票人都能引經據典，說得頭頭是道，坊間相關的書籍也汗牛充棟，而大家耳熟能詳的聖哲教誨，何嘗不是不勝枚舉，其中最經典的一句話，應就是孔子的高足曾參所說之千古名言：「為人謀，而不忠乎？與朋友交，而不信乎？」講白一點就是教人：與朋友相處，必須盡心盡力，說到做到，信用第一！

筆者案頭有一本談友誼的英文小書，內容是把英國作家米爾恩（A. A. Milne）的成名之作《小熊維尼》（*Winnie-the-Pooh*）中涉及友情的片段彙集成篇。要是有人對《小熊維尼》大小眼，認為它只不過是一本童言童語的兒書，那就大大走眼了！

英國國家廣播公司在二〇〇三年曾舉辦全國票選好書活動，名之為「大閱讀」（The Big Read）。在前百名中，排名第一的是《魔戒》，而這本老少咸宜的《小熊維尼》，竟能列名第七。你可能想不到，托爾斯泰的《戰爭與和平》也只擠入第二十，米契爾的《亂世佳人》不過排名第二十一，馬奎斯的《百年孤寂》則為第三十二名。

限於篇幅，筆者無法把前述小書中所彙集的話語一一譯介出來，其實只要信手把該書編輯所下的小標摘上幾則，也就可以一窺原書所要傳達的交友哲理了。例如：朋友就是那些會思念你的人、要對朋友誠實、要承認別人身上的優點、要懂得傾聽、要懂得讚美、要時時跟朋友保持聯繫、要分享你的感受、要感念你從朋友那兒所得到的、要及時對朋友伸出援手、要保護你的朋友、要撥出時間給朋友、要慎選朋友等等。

這些乍看像似老生常談的淺近道理，說起來真是再容易不過，但捫心自問，整日忙忙碌碌的你我，又能真正心口如一的做到了幾分？至於《紐約觀察家週報》所報導那些美國上流社會富人的行徑，更甭說是與此完全背道而馳了！

記得，《金銀島》的作者史蒂文生（Robert Louis Stevenson），說過這樣一句令人聞之動容的名言：「朋友是你送給自己的一份禮物。」我們果若對此語也有所感，那麼，此生又該如何確保這份珍貴的福報，使它成為我們生命的佳釀，以及最大的慰藉？

若無音樂，人生將是一場錯誤。

——德國哲學家 尼采

Without music, life would be a mistake.

一首歌的力量

近幾年來，兩岸各種類型的文化交流活動，極為頻繁，我所負責的單位每每需要接待來訪的大陸團隊，在酒酣耳熱之際，對方為表答謝，經常會主動獻藝，來一段唱作俱佳的表演，往往贏得滿堂的喝采。

看在我這個略盡地主之誼者的眼裡，很想同仁中有人能自動請纓，也登台露一手，以示輸人不輸陣之意。但是，儘管同事中不乏能言善道的「名嘴」，以及能歌善舞之輩，這時大夥兒又都卻步不前了。

好幾次下來，我覺得還是應帶頭做一點預備工作，才是正辦，就特地選了在台灣家喻戶曉的歌曲《阮若打開心內的門窗》，算是我們單位的團隊之歌，鼓勵對唱歌有興趣的同事下班後練唱，好在必要時派上用場。

說來，我算是外省第二代，自幼在眷村進出，台語並不輪轉，然而，我對資深音樂人呂泉生作曲、淡水前輩作家王昶雄所寫的這首台語歌曲，特別有感覺，不僅是因為其旋律柔美動人，歌詞貼近現實生活，把一種感傷懷鄉的時代悲情，表現得恰如其分，而且其詞曲亦發揮了正面力量，鼓勵人們要有開闊的視野、包容的胸襟，勇於懷抱理想，走出苦難與失落。

就這樣苦練了好一陣子，總算將此歌唱得有模有樣，好像已能公開表演。有一回，大陸又有文化部門的首長率團來訪，開席之前，我循例簡短的講了幾句歡迎詞後，就先發制人，帶領十幾位同仁合唱此一台灣歌謠，以娛嘉賓，立時博得在座百多位訪賓熱烈的掌聲，把氣氛推到了最高點。

大陸訪問團的那位團長，因為聽不懂台語，不知是否怕我們所唱的歌暗藏玄機，別有深意，當下收起了笑容，在現場就向我們同事索取這首歌的詞譜，等拿到後，立時戴起老花眼鏡，正經八百的把歌詞虛唸了一遍，這才又展露歡顏，有說有笑起來，像是心中落下了一塊大石頭！

當然，這位團長也是飽經世故之人，做人倒是相當周到，他怕我心中有所不快，就解釋說，他對台語真是一竅不通，只覺得我們唱的這首歌很有感染力，讓他這位只履足台灣才不過幾天的人，突然之間，也思念起自己的家人了。

我想，他這番話也應是肺腑之言，一首好聽的歌，不管是用哪種語言呈現，不管歌詞是否讓人一聽就懂，都必然能穿透人心，引發共鳴，甚至令靈魂為之悸動飛揚。

不說別人，就講我個人當年第一次聽到香港實力派歌手羅文唱其成名曲《獅子山下》時，心中的感動，真是無以言宣，始信音樂的力量何其廣大深遠，無怪乎德國十九世紀的哲學家尼采會說出「若無音樂，人生將是一場錯誤」如此發人深省之言了。

羅文這首歌所指的獅子山，台灣民眾未見得是人盡皆知，然而，這座位於九龍與新界之間、山形貌似雄獅的山峰，卻是香港地區鼎鼎有名的地標，也是港人最引以為傲的精神象徵。

說來，其起源並不複雜，就是在一九七三年間，「香港電視台」開始製播一齣名為《獅子山下》的電視劇，描述香港中下階層在逆境中奮發向上、力爭上游的故事，由於收視率始終居高不下，播出跨度竟達二十餘年，成為轟動全港、歷久不衰的經典之作。

可想而知，與這齣電視劇同名的主題曲，原本就有水漲船高，在市場熱銷的潛力，不過，它之所以能傳唱於香江的大街小巷，也不得不歸功於主唱者羅文宏亮而富情感的歌喉，以及顧嘉煇與黃霑俱見功力的作曲填詞了。

說起作詞者香港作家黃霑，人稱文學鬼才，他在當代粵語流行歌壇的地位，鮮有人可與比肩，其著名的作品諸如《上海灘》、《楚留香》、《滄海一聲笑》等，任何一位愛唱流行歌曲的國人，誰又不能哼上兩句？

至於《獅子山下》這首歌，它之所以能深得我心，除羅文溫暖細膩的詮釋外，黃霑雋永深刻的文字，亦是主因。歌詞計分四段，我最喜歡開頭的那幾句：「人生中有歡喜，難免亦常有淚，我們大家，在獅子山下相遇上，總算是歡笑多於唏噓。」

至於其餘三段中的「人生不免崎嶇，難以絕無掛慮」、「同舟人，誓相隨，無畏更無懼」、「同處海角天邊，攜手踏平崎嶇」等，句句打進港人的心坎，亦在在鼓舞他們點燃生命的熱情，相互包容，同心協力的開創港島的未來！

一首動聽的好歌，雖屬通俗音樂，卻在一個動盪不安的大時代裡，撫慰了無數港人的心靈，激發了他們為生活打拼的勇氣，凝聚了他們為未來奮鬥的力量。而在台灣，我們是否也有這樣一首歌呢？

一首好聽的歌，能穿透人心，引發共鳴，令靈魂為之悸動飛揚。（鄭靖凡／攝）

種種從前，都成今我，莫更思量更莫哀。

從今後，要怎麼收穫，先怎麼栽。

——胡適

一個陌生人的來信

擔任某文化單位的負責人已兩年多，走馬上任以來，一向重視外界對我們工作的反應與建議，因而要求資訊部門在機關網站首頁上設了「首長信箱」一欄，以建立溝通的管道，並利於民意的蒐集，但不知是宣導不夠，抑或在屬性上，我們本來就是個冷衙門，「生意」相當清淡。

日前我的秘書許小姐交給我一封透過此一網站功能發來的電子郵件，讀後令人有不勝唏噓之感。說實在的，發信人的大名，我很陌生，而且他所說的事兒，我在腦海中窮追力索了一番，壓根兒想不起來任何端倪。

他說，他在初中時參加過一次時事測驗，名列前茅，前往主辦單位救國團領獎時，認識了一位跟我一樣姓名的同校得獎生，對方言談親切和善，給他留下極佳印象，之後彼此雖無緣來往，但數十年來他一直念念不忘此一場景，所以特地來信求證，試探我是不是他少年時的舊識。

就我而言，初中時在校成績還算差強人意，得過之獎不在少數，雖然我並不願意隨便掠人之美，不過，推算其所說的時間，很難想像學校中還另有同名同姓之人。於是，我就回信告以，自己可能就是那位跟他有一面之緣的校友，為了感謝他「相認」的盛情，乃隨函奉上了一本個人的散文集，請其指教。

此事看似稀鬆平常，惟細想起來，還真有點耐人尋味，不談別的，就說事隔幾十年，對方怎麼會仍然記得那麼遙遠的芝麻小事，因為，說穿了也不過就是曾經有一個他原本不認識的同校同學，在一個不足掛齒的頒獎場合中，跟他友善地聊了幾句話而已。

一個少年郎不經意的微笑、幾句關心的話語，竟在數十寒暑後的某天發酵，你又該用什麼詞彙來形容這樣的因緣呢？說來我個人並非佛教信徒，但這些年來也曾斷斷續續涉獵過一些佛教經典，對所謂「欲知前世因，今生受者是；欲知後世果，今生作者是」的三世因果論，強調一個人在前世種了什麼因，今生就會得什麼果，今生種了什麼因，來世就會得什麼果的說法，總覺得，還是有那麼幾分道理存在，不應完全以怪力亂神視之。

撇開「前世、今生、來世」三世之說，人生的禍福窮通，誰又能不受因果律的支配？眾所周知，一代宗師胡適生前遇到有人求其墨寶，他很喜歡給人寫的一段話就是：「種種從前，都成今我，莫更思量更莫哀。從今後，要怎麼收穫，先怎麼栽。」胡適不講三世，談的是「過去、現在、未來」的連鎖關係，三言兩語，道盡「種瓜得瓜，種豆得豆」的人生基本因果法則，鼓勵中帶有幾許鞭策，慰勉中更含有殷殷期許之意，不愧是一代鴻儒語重心長的名言。

當然，所謂「種瓜得瓜，種豆得豆」，強調的是功不唐捐，勉勵人們只要努力耕耘，就一定有所收穫。然而，在現實的生活裡，卻未見得是這樣演練，君不見一次颱風或一場豪雨，就能讓果農、菜農災情慘重，血本無歸。如此看來，一個人種瓜都未見得能保證得瓜，種豆也未見得能一定得豆，那麼，若想不勞而獲，那就更是癡人說夢了！

或許，你會認為，胡適先生所言「要怎麼收穫，先怎麼栽」，不是什麼石破天驚的新詞兒，不過，人生許多至理不就存在於那些老生常談的話語中嗎？最近，我在上班的地方把一座老舊倉庫重新整修起來，作為人才培育的場域，取名為「求是書院」，進門入口處特別敦請台灣中部重量級的藝術家李轂摩老師為我們題了「種瓜得瓜」四字。李大師極具創意，所寫前三字是其筆走龍蛇的書法，第四字就乾脆以彩筆畫出了一個碩大可愛的南瓜。其構圖之新穎，表現手法之精到，觀者無不為之動容，且為其寓意所深深感染。

總之，一個陌生人的來信，再次突顯了人世間有跡可循的因果關係，同時提醒了你我，有時，雖然我們並非有心為之，然而，個人的一切言行，不管是多麼微不足道，都有可能影響著自己未來的際遇，甚至也隱隱牽動著他人的感受、他人的人生步履！

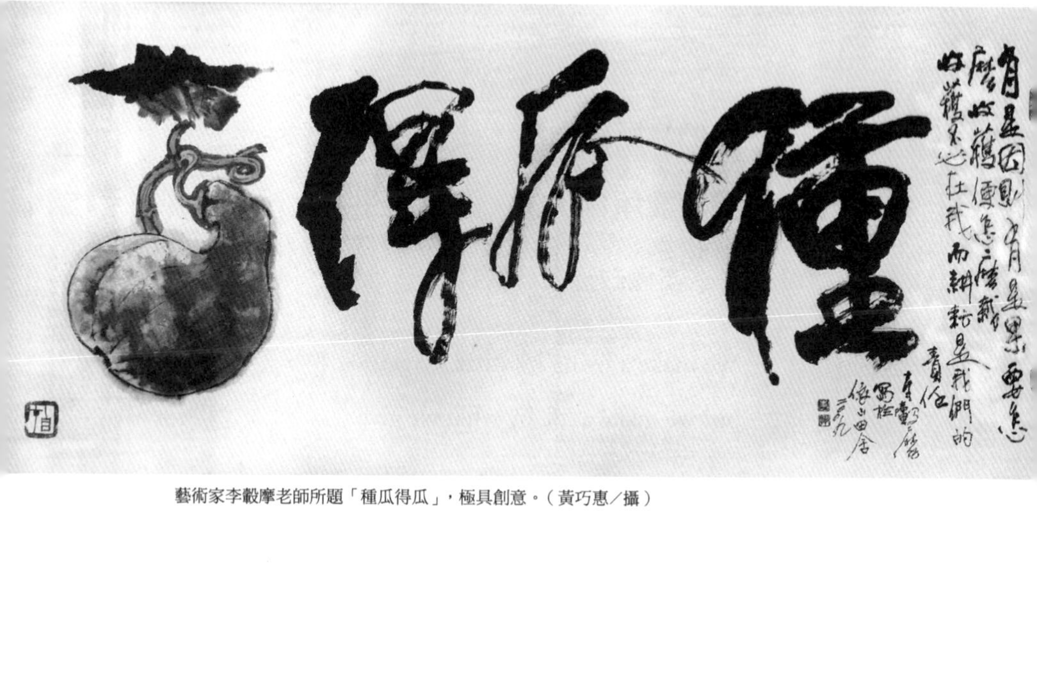

藝術家李轂摩老師所題「種瓜得瓜」，極具創意。（黃巧惠／攝）

我們靠所賺取的，維持生活；

我們靠所付出的，造就人生。

——英國政治家 邱吉爾

We make a living by what we get,

but we make a life by what we give.

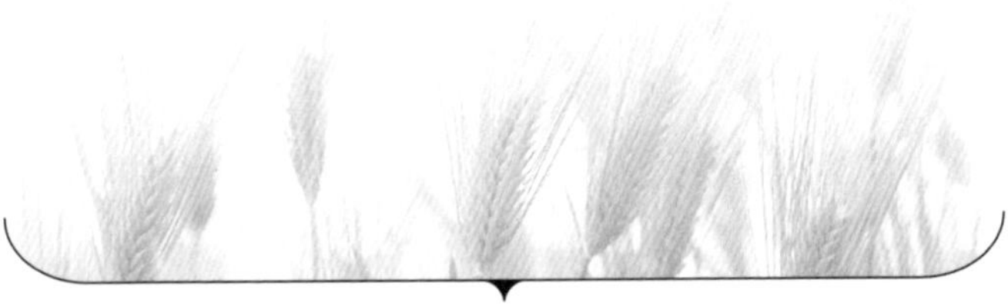

人生用「付出」行走

我是一名道道地地的高鐵族，為了討生活，每星期總有幾日需要起早睡晚地奔波於台北與台中兩地之間。有朋友看我經常面有倦容，體力長期透支，於心不忍，就好意勸我提前退休，趁早坐享八九成薪的月退俸。

對朋友的勸說，有時我也會心動，特別是近十幾年來，面對國內政治風氣不變，公僕難為的情況屢見不鮮，「長鋏歸來乎」（長劍啊，我們回去吧！）的衝動，更難免不時湧現胸臆。

每當心中興起這種感喟與掙扎，不由自主的，我就會憶起當年我在美國舊金山駐外單位服務時，每每需要在清晨四五點鐘出門，開車前往機場接送機。彼時大多數人還在甜甜的睡夢之中，高速公路上當然暢行無阻，絕不會塞車，但你依然會看到一輛輛亮著大燈、閃著尾燈的各式各樣車子，奔馳於天色微明、涼風習習的晨曦之下。

當下，常常閃過我心中的一個念頭就是，這些迎接黎明的車主，不知究竟是何方神聖？他們是上晚班的夜貓子，正要衝回家補個好眠？抑或他們是趕去打卡的上班族，正要為自己、為養家活口展開一日的打拼？總之，這些人為何要如此不辭辛勞地忙進忙出，究竟所為何來？

這樣的一則大哉問，答案恐怕永遠是見仁見智，人言各殊，而最單純、最直接的回應，不消說，應就是「為了生活嘛！」證諸《聖經》有言：「凡流淚播種者，必歡呼收割」，可見造物主也很鼓勵人們努力工作，甚至應允認真工作者，必定會獲得祝福及報償。

為了維持生活，人要工作，人要賺錢，這樣的說法固然無可厚非，不過，人們工作的目的若僅為俯仰於世，或是為了滿足個人物質的享受，那麼，我們與其他芸芸眾生相較，又有何特殊高明之處？而且，個人一己存在的意義，又何從彰顯？

對此，曾於一九五三年以《第二次世界大戰回憶錄》一書獲得諾貝爾文學獎的英國政治家邱吉爾說得好：「我們靠所賺取的，維持生活；我們靠所付出的，造就人生。」

所謂造就人生一語，看起來似乎有些抽象，一下摸不著邊，其實，說白一點，也就是要活出生命的意義、生命的價值。至於說要怎樣付出，才能活得有意義、有價值，那自然是千差萬別，因人而異了。我們大多數人，可能不行效法史懷哲那樣，毅然拋棄家園、親友，遠走非洲蠻荒行醫，濟世活人，也無法像泰瑞莎修女一樣，發揮宗教家的大情大愛，一生無私無我地服務印度貧病交迫的邊緣人。然而，一個人只要發心行善，可以為社會、為國家、為大我付出心力的地方，又豈可勝數？

前不久筆者讀到曾任「美國紅十字總會」會長的杜爾夫人（Elizabeth Dole）所寫之文，提到在其母一百零二歲過世前，母女之間幾乎每天都會閒話家常，她從母親的言談謦欬中，汲取了許多生活的智慧與心得。長久以來，她一直銘記於心的一件事即為，母親一再跟她提起，二次世界大戰期間，曾做過紅十字會的志工，而那是一生所從事的諸多工作中，最令其感到驕傲與重要的一段經歷。

通常而言，志工一職，既無薪水，也無太多權利，更沒有什麼傲人的社會地位可言，此一情況，中外皆然，不過，就因如此，不少志工那種默默付出、不求回報的高貴情操，不但能普遍贏得他人刮目相看的肯定與尊敬，也為自己人生價值的進一步發揮，找到了最佳出路。

我相信，杜爾夫人之所以在文中不厭其詳地記述母親的行誼，顯然，她相當引以為傲，甚至認定老母親的價值觀，不僅是她這個做女兒的應奉為圭臬，而且也很值得與世人分享。

要之，人生可以比喻成是一種行行復行行、百年長勤的行走，若只是懵懵懂懂地被生活所驅策，日復一日行走下去，讓似水年華悄然流逝，應該也沒有什麼太高的難度，可是，要想在這人生迢迢長路中行走得有點意義、有點價值、有點興味，就必須懂得如何無怨無悔地付出了。

日前甫辭世的國內藝文界大老楚戈先生，在其詩作名篇〈行程〉中有如下幾句耐人尋味的話：「詩用文字行走，歷史用過去行走，偉大用卑微行走，行走用行走行走」，廣被外界所引用，此刻，襲其句型，我們是否也可以說「人生用付出行走」呢？

懂得如何無怨無悔地付出，才能在人生迢迢長路中行走得有點意義、有點價值、有點興味。（陳輝明／攝）

幽默感，是人們在社交場合中，

所能穿著的最佳服裝。

——英國小說家 薩克萊

Good humor is one of the best articles

of dress one can wear in society.

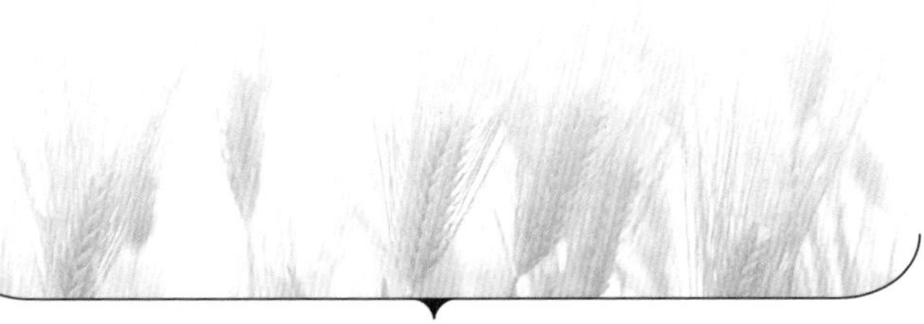

人生海海幽默行

台灣社會這些年來，很流行在公眾場合向政治人物丟鞋子，以表達自己的抗議或不滿，因是突襲式的行為，往往讓人防不勝防，招架不及。

對於有名望的公眾人物而言，冷不防被人當成攻擊的對象，就算身體毫髮未傷，面子上也有些掛不住，心中的不快，可想而知，能故作鎮定，面不改色，已算很有修養了，實難再苛求他如何幽默以對。

這種丟鞋子的不雅舉動，雖然談不上已蔚為風潮，但在世界各地卻也屢見不鮮，經常成為媒體的花邊新聞，以及人們茶餘飯後的話題。根據報導，兩個多月前，有意參選下一屆美國總統的前國務卿希拉蕊，在內華達州的拉斯維加斯城，發表以環保為主題的演說時，就碰到有一名女子在台下朝她丟鞋。

台上的希拉蕊見狀，立即縮身閃避，這是本能的反應，不足為奇，值得讚賞的，是她的機智與幽默，讓現場一千多名觀眾笑成一團，不但化解了緊張的氣氛，也充分展現了她高人一等的親和力。

面對「天外飛鞋」，希拉蕊即時閃過後，開玩笑的說：「是不是有人向我丟東西了？這是太陽劇團表演的一部分嗎？」接著她力持鎮定，恢復演講，獲得滿堂的喝采，這時她又補了一句：「天啊！我不曉得廢棄物處理這麼具有爭議。」「謝天謝地，她沒有跟我一樣會打壘球！」

言下之意，好像是說，若對方也是壘球健將，她就閃躲不過了，其實，這只是她的玩笑之言，當真不得！

對希拉蕊可圈可點的表現，或許有人會說，中外文化迥異，歐美人士天生就比較幽默。此一看法，或許也是經驗之談，不無道理，然而，筆者所結識的友人之中，很具幽默感的，還大有人在。

譬如，年初我參加了耶路撒冷的朝聖之旅，途中為我們一行負責解說的，就是長期旅居以色列、學養深厚的張實賢老師。外表上，張老師經常一臉嚴肅，不苟言笑，惟其講解每每深入淺出，而且用字遣詞既不失幽默風趣，又發人深省。

在提到以色列政府重視土地綠化與生態保育時，他曾如此闡釋：以色列地區極為乾旱，近百年來，為改善生活環境，所植之樹超過兩億株。因而，民間流傳著一則有趣的說法，講道：有一天，當彌賽亞（救世主）來臨時，大家都須立即放下工作，前往迎接。然而，那時你要是正在種樹的話，可以先完成種植的活計後，再趕過去。

不用太費口舌，就能把一件事的重要性生動的刻劃出來，這是張老師的功力。猶記，提到天主教並未禁止神父吸煙時，張老師也講了一則意味深長的故事，大意是：有一位修道院的修士問其院長，他祈禱時可否抽煙，被院長狠狠的刮了一頓；另一位修士聰明多了，問院長他抽煙時可否祈禱，卻被院長大大的讚美了一番。

張老師所強調的是，說話直來直往，固然痛快，但有時還得講究一點溝通的技巧才行，因為，同樣一樁事，每每因言者表達的方式不同，聽者就會有不同的反應，不可不慎！

張老師旅居以色列二十餘年，對該國所擁有的眾多古蹟與遺址，可說是如數家珍，然而，他亦很感慨的表示，從事考古工作極其辛苦，卻不被一般人所了解與重視。

他詼諧的講起，台灣有位做母親的，帶著處於青少年期的兒子參加以色列的旅行團，來到一個著名的遺址現場，正逢有位學者頂著烈日，揮汗如雨般從事考古挖掘工作，於是，她就即時進行機會教育，扯開喉嚨對兒子喊道：「看到了吧？你若不好好唸書，將來的下場就會跟他一樣！」

從張老師身上，我再次體認到亦莊亦諧的幽默感，是引發人們共鳴、打動人心的利器，而前述信手拈來有關希拉蕊的趣事，在令人莞爾一笑的同時，是不是也讓人會有同樣的領悟？

無怪乎，世界名著《浮華世界》的作者薩克萊（William Makepeace Thackeray）要說：「幽默感，是人們在社交場合中，所能穿著的最佳服裝。」

人生海海，不論貴賤窮通，家家都不免有本難唸的經，人人都不免跌入生命的幽谷，而我們做人處事，若能擁有幾分幽默感，多少可以減輕心理的負荷，寬容現實上的挫折，使我們更容易與人相處，也更可能用較瀟灑、較輕鬆的態度，看待自身的際遇，面對命運的種種挑戰！

若能擁有幾分幽默感，面對現實的挫折和命運的挑戰，能以較瀟灑輕鬆的態度看待。（陳輝明／攝）

人們問我長大後有何目標，我寫下快樂一詞，

他們說我不了解問題，

我回說，他們不了解生活。

——英國搖滾樂巨匠 藍儂

…they asked me what I wanted to be when I grew up. I wrote down 'happy'. They told me I didn't understand the assignment, and I told them they didn't understand life.

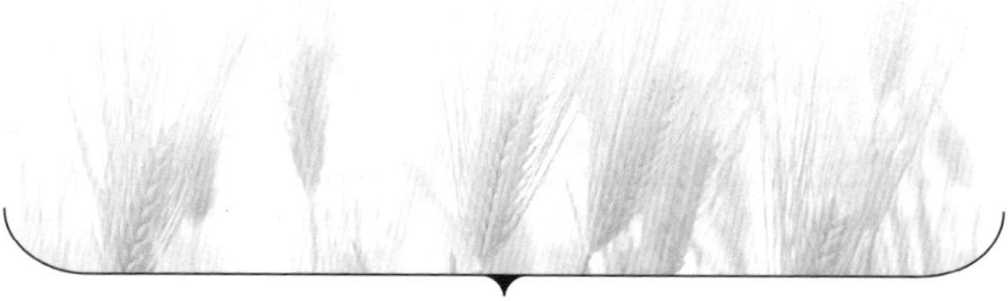

小確幸與清歡

自從日本名作家村上春樹出版了散文集《尋找漩渦貓的方法》，經由萬千讀者的口耳相傳，以及出版社與新聞媒體的推波助瀾，春上所獨創的「小確幸」一詞，已蔚成台灣社會的流行用語，更是此間年輕人成天掛在嘴邊的口頭禪。

對於這樣一個可以讓人顧名思義的「外來語」，筆者個人非但沒有絲毫半點的排斥感，反而一直覺得它是一個有助人們調劑身心、舒緩壓力的好主意，值得大力鼓吹，身體力行。

所謂小確幸，依字面上來講，就是微小而確切的幸福。這種幸福，可能是感官的，也可能是心靈的，可能是物質的，也可能是精神的。它的享有，往往是手到擒來，唾手可得，既無須花費大筆金錢，也用不著付出太多力氣。

至於十九世紀法國作家大仲馬所說：「幸福，就像童話故事中的王宮，門口有巨龍把守，要想將它攻佔，我們就得拼鬥」所指涉的，應是人生中得之不易、可喜可賀的快事，而非這兒所談的小小幸福。

如此說來，若撇開那些稱心快意的樂事不計，可列入小確幸範疇的，當然是因人而異，並無放之四海而皆準的尺度，不過，有一點很要緊，那就是這種小確幸必須是得之有道、得之心安理得的快樂，而那些有違道德良心，或損人利己、幸災樂禍的事，不消說，一概不宜視之為小確幸！

總之，小確幸可說是生活中的安慰劑，也是人們家居不可或缺的必備良藥，當你我心中有什麼不痛快、不如意的事，憑藉著小確幸，個人的心情就可以獲得轉換，諸多陰霾亦可能一掃而空。

小確幸存在的好處，或許無法一言道盡，惟若你上網隨意瀏覽一下，不難發現人生小小的幸福、小小的快樂，不分古今中外，人人渴望，人人也都有一套追求它的方式。

有老外不厭其煩，列舉了一些似乎每個人都可以擁有的小確幸，在這兒，我信手摘譯了其中幾則，也許，你這才恍然大悟，原來你的人生並沒有那麼不堪，你也常常擁有這些小確幸，只是你從未及時察覺，因為在你潛意識中，一直認為這些都是理所當然之事，不值慶幸。

且讓我們瞧一眼老外心目中的小確幸名單：開車時，恰巧在收音機中聽到一首自己最愛聽的歌曲；到超市購物，結帳時未見大排長龍；晚上躺在床上，靜聽窗外淅淅瀝瀝的雨聲；與陌生人擦身而過時，彼此交換了友善的眼神；聽人道起，某人很想念你；在舊衣口袋，發現一張大鈔；與好友徹夜聊天；有人當面誇讚你長得好正；半夜醒來，發現自己還可以再睡好幾小時……

如此列下去，可想而知，人生的小確辛，實難盡數，而且，它也並非現代人所獨享的專利，古人所擁有的小確幸，當然也不遑多讓。例如北宋文學家蘇東坡有詩云：「蓼茸蒿筍試春盤，人間有味是清歡」，他所說的清歡，依筆者看來，不也就是道道地地、所費無幾的小確幸？

所謂清歡，即是清淡的歡愉，其實，也不用太費神思索，只要想到「寒夜客來茶當酒，竹爐湯沸火初紅」、「採菊東籬下，悠然見南山」、「小樓一夜聽春雨，深巷明朝賣杏花」、「五載歸來飽鄉味，不曾辜負菜根香」、「何人得似山中叟，對語飛泉五月涼」

等等前人的詩句，也就不難體會如何使生活過得坦然自在又有情趣的個中三昧了！

或許，問題是，此類清淡的歡愉，固然無所不在，而人們是否真能領略其中的真趣，是否真能讓心靈獲得豐盛的滿足，那就端看你對人生的觀照是否透徹，是否有足夠的慧根，去體認這些生活的興味！

人生不如意者十之八九，有賴我們不時擁有一些俯拾皆是的小確幸與清歡，為生活的磨難找到解脫與出口，甚至，我們還可以靠此逆轉人生，令原本蒼白的生活，變成彩色！

猶記，英國搖滾樂團「披頭四」的傳奇歌手藍儂（John Lennon），回憶其成長過程時，曾說過下面一段很有意思的話：「五歲時，母親老是跟我講，快樂對生活來說，太重要了。上學後，人們問我長大後有何目標，我寫下快樂一詞，他們說我不了解問題，我回說，他們不了解生活。」

藍儂是揚名世界的音樂人，一生成就斐然，他會講出這樣一段童年往事，自然是有感而發。確實，人生在世，追求幸福與快樂，不但是本能，而且也是無可厚非的生活目的！

然而，恆久的幸福，有如癡人說夢，短暫的狂歡，每易樂極生悲，唯獨妙用無窮的小確幸，以及清淡有味的清歡，才是我們可以十拿九穩、樂活當下的保證，又豈容你我視而不見，輕忽它們的存在呢？

我們已走得太遠，以致於忘記了為何啟程。

——黎巴嫩詩人　紀伯倫

We already walked too far,

down to we had forgotten why embarked.

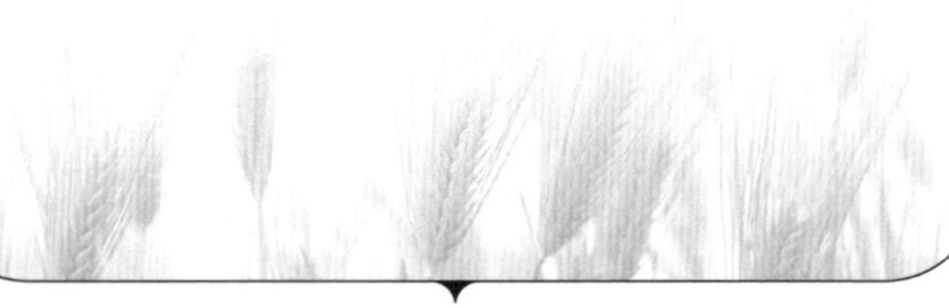

不忘初心

在不少結婚的場合，除了證婚人與主婚人之外，當事人往往會邀一兩位有聲望、有地位的長官或長輩，上台講幾句期勉與祝福的話，如此不僅可顯示場面的隆重，而且也是對即將翻開人生另一頁的新人，給予無形的加持。

對新人而言，這可是他們此生最重要的時刻之一，以往，他們面對長輩訓話，有時難免有聽沒聽，心不在焉，而此時此刻，在眾目睽睽之下，必是目不轉睛，恭順的聆聽教誨。

作為賓客的我，遇此場合，一定馬上斂容屏氣，認真傾聽貴賓的金口玉言，這倒不是我配合演出，故作莊重，而是這些年來，自己拗不過友人的盛情力邀，亦曾多次勉為其難的，粉墨登場致詞，而今有機會實地見習，觀看別人如何應對，又豈容輕易放過！

說實在的，在人家大喜的日子，抱著「不求有功，但求無過」的心態，講一些穩當、通俗的門面話，諸如祝福新人白頭偕老、永浴愛河、早生貴子等等屬於社會上流行的吉語，自是順理成章，不傷腦筋，缺點為，總不免給人一種老生常談、毫無新義之感。

而真正學養深厚的高明之士，在此一場合講話，必然能言之載情載理，亦莊亦諧，既生動又深刻，不僅令舉座動容，暗自佩服，更令新人深感受用，甚至永銘在心，作為今後兩人攜手共度一生的座右銘。

猶記，當年筆者與另一半結婚時，經由長官的出面，邀請到德高望重的政壇大老福證，事隔三四十年，我仍可歷歷如昨的，回憶起當時他語重心長的致詞情景，以及他不惜現身說法，以過來人身分，道出夫妻相處心得。

事實上，回首個人漫長的婚姻之路，就跟世上大多數凡夫俗子的家庭一樣，其間不免也有風風雨雨、高高低低之時，可是，只要稍微冷靜一下，想起當年那位大老在婚禮上所期勉的一番話語，原本已爆發的情緒，頓時就能偃旗息鼓，不再硬碰硬的爭執不休，把事情弄得難以收拾。

月前，訂交數十年的老友娶媳婦，情意拳拳的邀我在婚宴中致詞，我因怕自己屆時講得不夠得體，有辱使命，就再三婉辭，甚至我還提出，如能放我一馬，另請高明，我甘願加倍奉上禮金，以示賀忱。不知是不是老友對我太具信心，他竟不為所動，一直不願鬆口，最後還用手機發了一個備極誠懇的簡訊給我，盼我回心轉意，不負相託。

事已至此，我要是再推辭下去，就顯得有點不近人情了。於是，我就對自己說，既然老友如此抬愛，與其讓他心懷耿耿，還不如花一點工夫，好好思考一下到時該如何措詞，才能順利交差。

我深知，在婚宴上講話，必須把握重點，要言不煩，最忌東拉西扯，講得落落長，而過去多次參加教堂婚禮，眼見在聖樂、獻詩、祈禱、證道的貫穿下，將氣氛營造得極其莊嚴神聖，而牧師證道闡釋婚姻的意義，以及夫妻相處之道，亦多引述《聖經》上的話語，深契我心。

其中百聽不厭的，就是以「愛是恆久忍耐，又有恩慈」為句首的一段經文，而結尾句「凡事相信，凡事包容，凡事盼望，凡事忍耐；愛是永不止息」等語，更總結了經營婚姻的不二法則。

原本我想以這段經文，作為婚宴上致詞的核心，但思前顧後了一番後，還是決定採用個人常以其自惕，也是無數佛門大德所常引用的箴言「不忘初心，方得始終」，當成期勉新人的主軸。

其實，即使不從宗教的角度切入，只要顧名思義的從字面上解讀，也可揣摩其意是指，無論在人生的道路上，遇到怎樣的風雨、怎樣的磨難或誘惑，切莫忘掉自己的初衷、誓約或理想，如此才能有始有終，無負自己，亦無負他人。

我在婚宴上致詞時，一度回過頭來，詢問這對新人的初心為何，當然，還不等他們回應這突如其來的「大哉問」，我就自問自答的說，其初心乃是互許終生，永結同心，也就是兩人誓言今生今世互相扶持、互相照顧、互相包容、互相疼惜，讓彼此的愛情天長地久，永不褪色。

確實不錯，世間男女為情愛所許下的諾言，以及所發的初心，竟是如此動人與遠大，有若是一張保證可以永遠兌現的支票，但是，在無情歲月的淘洗與考驗之下，初心難守，初心易變，我們很容易就偏離了原先既定的人生航道。

證諸近數年來，台灣每年都有五、六萬對夫妻離異，等於每十分鐘就有一對怨偶宣告分道揚鑣，不禁讓人聯想起黎巴嫩詩人紀伯倫（Kahlil Gibran）的名言：「我們已走得太遠，以至於忘記了為何啟程。」

如此輕描淡寫的一句話，卻足令你我咀嚼再三，甚或像暮鼓晨鐘般，讓你我驚覺到，過往自己在世途上，風雨晨昏，一路奔馳，不知不覺中，可能已遠離了年輕時的人生理想，背叛了當初對伴侶的誓約，冷落了始終關心自己的親朋好友，甚至放棄了賴以安頓自身心靈的信仰與信念。一言以蔽之，也就是背棄了自己所發的初心！

那麼，果真如此，我們又當如何呢？個人始終堅信：初心不遠，只要你我願意追趕；初心不滅，就能讓你我無負此生！

無來也無去，人生沒有什麼事。

——廣欽老和尚

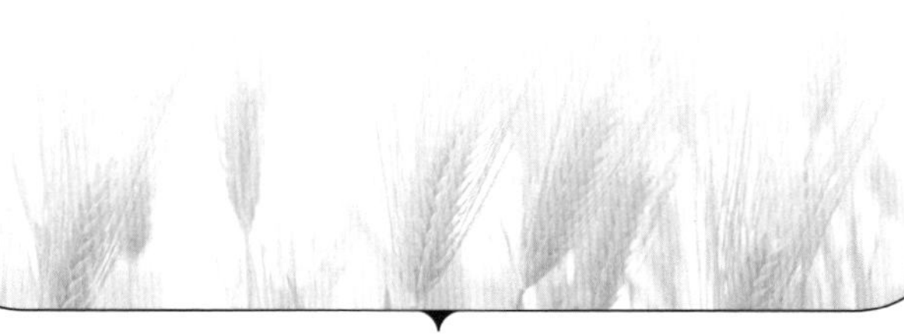

天花繚亂許從容

日前翻閱某報副刊文章，讀到國學大師臺靜農先生的一幅書法作品，頗生感觸，其詞句是：「春魂渺渺歸何處，萬寂殘紅一笑中。此是少年夢囈語，天花繚亂許從容。」

臺老在這首絕句前，還寫了一小段文字，算是序言，他是這樣說的：「余方二十歲時，夢中得句，書示同學，皆不解其意，今八十歲時，忽憶及此，戲足成之。一九八一年三月二十三日。」

事實上，就算沒有讀到此一前言，我們單從這首詩的第三句，也知道前二句是臺老年少時在心神恍惚的夢中所得到的句子，文字表面上的意思，並不那麼難懂，大致可以解成，作者正愁美好的春光一去不返，無跡可尋，卻喜出望外的發現，雖已是繁花落盡的暮春時節，卻仍有殘花搖曳於寂寂枝頭。

臺老是文史大家魯迅先生的高足，早年即以短篇小說飲譽文壇，避亂來台後，儘管長期在台大任教，成為該校文學院一柱擎天的重鎮，在無情歲月的摧殘下，倏已飽經風霜，人書俱老，而他對外界的褒貶毀譽，早已雲淡風輕，全然放下。想來，這也就是何以在其邁入耄耋之年，會寫出「天花繚亂許從容」如此精練的結語，來補成這首七言絕句。

換言之，年少輕狂時，看到落英繽紛也會滿心歡喜的心境，早已不復存在；如今，踏入生命最後一程，到了「回首向來蕭瑟處，也無風雨也無晴」的人生境地，即使驀然發現觸目繁花似錦，甚至像佛祖講經，感動天神，天上落花如雨那樣壯觀，也能不驚不喜，從容以待。

說實在的，就我個人而言，長久以來，就很崇拜言談舉止從容不迫、雍容優雅的人，原因無他，就是世間絕大多數人，包括筆者本人在內，應都屬於臨事慌亂，經常憂心忡忡、患得患失之輩。

我一直認為，一個人要想活得從容自在，真不是一件簡單的事，暫先不談人家國外的情況，就以咱們自家歷史上的人物而言，有赫赫事功者，當然不可勝數，但能臨危不亂、遇事從容，讓你我佩服得五體投地的例證或典範，屈指一算，又有幾樁？或許，只要我們稍微凝思冥索一下，就不難察覺從容之不易，因其本質是一種自信、一種氣度、一種修煉，更是一種生命的境界與覺悟。

讀過羅貫中所寫歷史小說《三國演義》者，一定不會忘記的橋段之一，就是諸葛亮屯兵陽平，遇司馬懿率大軍來襲，眾部將個個驚慌失措，不知如何招架，諸葛亮卻老神在在，令人開啟城門，打掃街道，他自己頭戴綸巾，手持羽扇，在城樓上憑欄而坐，露出一副胸有成竹、悠哉悠哉的樣子。司馬懿在遠處眺望，判斷城內必有埋伏，遂退兵而去。這是空城計故事大要，所顯示諸葛亮的自信與臨事的從容鎮定，如何不令人折服！

現今不少史家考證，羅貫中小說中這一段膾炙人口的情節並不可靠，但人們對諸葛亮的崇敬，並未因之稍減。諸葛亮過世於西元二三四年，在他身後一百五十年，也就是東晉時代所發生的另一樁大事，卻是千真萬確、斑斑可考的史實，同樣令人為之折服。

在西元三八三年，前秦主苻堅親率八十萬大軍進逼東晉，消息傳到晉都建康（現今南京），皇帝與文武百官人人心慌意亂，認為大禍臨頭，而宰相謝安卻是沉著從容，指揮若定。當兩軍決戰於淝水，晉軍大勝的捷報送回，謝安正與朋友下棋，隨意看了捷報後，就把它擱在一旁，若無其事的繼續下棋。倒是朋友實在忍不住，問及戰況，他才淡淡的透露了喜訊。不過，在客人離去後，謝安走過門檻，屐齒都被折斷而未察覺，由此亦可見出其強自鎮定的內斂與修養。

無論是諸葛亮或謝安，都是千古名臣，他們一生的種種行誼，固然被世人代代流傳，但人們最耳熟能詳的這兩則故事，卻都與臨事從容鎮定有關，足見此種修為與氣度極為難能可貴，故能傳為美談。

儘管如此，話又得說回來，人能遇事從容，固然是自信與學養的不凡表現，但活得從容，若是源自於精神境界的高度，以及對生命本質的徹悟，那就更值得人們心嚮往之了。

數歷史人物，孔子的入室弟子顏回，應值一提。《論語》中孔夫子是這樣說他的：「賢哉回也！一簞食，一瓢飲，居陋巷，人不堪其憂，回也不改其樂。賢哉回也！」只要唸過幾天《論語》的人，都曉得孔老夫子從不輕易許人，唯獨對顏回的安貧樂道，最是稱許，而安貧樂道不正是活得從容自在的明證嗎？

臺老八十歲所寫的詩句「天花繚亂許從容」，所透露的訊息，就生命的境界來說，遠超過安貧樂道的層次，讓人覺得有點像承天禪寺開山祖師廣欽老和尚在圓寂前所說的法語：「無來也無去，人生沒有什麼事。」

面對悽涼晚景，面對死生大事，如此從容，如此輕鬆，每一思及，何嘗不似暮鼓晨鐘，發人深省！

不需要寺廟，不需要複雜的哲學，

我的心靈就是寺廟，我的哲學就是仁慈。

——西藏精神領袖　達賴喇嘛

There is no need for temples,

no need for complicated philosophies.

My brain and my heart are my temples;

my philosophy is kindness.

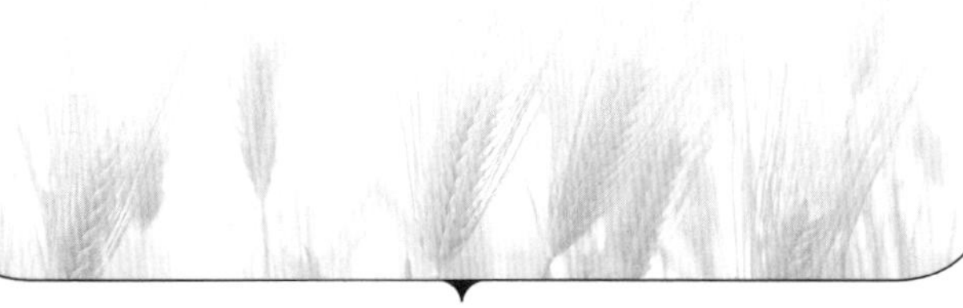

心靈如寺廟

全球各家航空公司為廣招徠，無不發行有不同級別的會員卡，乘客據此可享有免費停車、使用貴賓室、至專屬櫃台報到、優先候補機位、額外託運行李等種種禮遇。民眾最初申領一般卡，俟累積哩程達一定數字，就可換領高一級的卡。以國內長榮航空公司為例，基本會員所持有的為綠卡，再上去就是銀卡、金卡以及鑽石卡，不消說，卡級愈高，享受的優待愈多。

日前，現任駐外新聞參事的老友劉兄夫婦返國休假，在洛杉磯轉機時發生了一點小插曲，令其頗生感慨，一見到筆者，就迫不及待地娓娓道來，讓我分享了一則反映出人性現實與冷暖的故事。

原來，劉兄本人是長榮的銀卡會員，太座持有的卻是一般綠卡。依照航空公司的規定，他本人可在候機時前往貴賓室休息，但夫人卻不得入內。劉君當然不可能置太座於不顧，就向櫃台人員交涉，期盼對方網開一面，然而，任憑他說破了嘴，執事者都以公事公辦的態度，表示愛莫能助，甚至說即使他願意付費，也礙難破例。

劉大嫂眼看丈夫交涉無功，意欲作罷，但劉兄心有未甘，就先跑進貴賓室一探虛實。本來他也以為希望不大，沒想到，當他向值勤的小姐說明了原委，對方衝著他微微一笑，以同情的口吻說，待她跟其督導請示一下，問題即可迎刃而解。果真，在她轉身走去跟上司嘰哩呱啦講了一番話後，就說可以請夫人一起入內了。聞此，劉兄當下感激得差一點兒落下淚來，他不得不承認，天下就有如此通情達理的好心人！

劉兄對我解釋，他也不怎麼怪先前的櫃台人員，他們依章辦事，未犯什麼錯誤。問題是，航空公司畢竟算是一種運輸服務業，說什麼也應講求一點顧客為上的精神。有時，額外的一點體諒，所顯示的，正是那種「以客為尊」的善意與企業文化。認真說來，施者不費，受者卻點滴在心，將來也勢必成為那家公司死忠的顧客。

劉兄轉機的故事，對經常出國的人而言，可能也會有司空見慣之感，所謂「在家千日好，出門事事難」，任何人只要踏出國門，難免會遇上一些意想不到的麻煩，能有好心人及時助以一臂之力，總令人深深感念。

記得，多年前有一次我搭乘新加坡航空公司的班機，由台北經泰國赴歐。飛機快在曼谷機場落地時，我正津津有味地閱讀著《天下》月刊一篇引人入勝的封面故事，驟然被迫打住，心中不免怏怏。於是，在下機時，我請求新航的空中服務員允許我把雜誌帶走，好在候機時打發時間。

依規定，機艙上供應的刊物是不准帶下飛機的，但那位空中小姐只猶豫了半秒鐘，就笑容可掬地說：「你可以帶下去看，但請記得，再登機時要把它帶回來！」說完她又補了一句：「請不要跟別人講，這可是例外！」

就那麼一次善體人意的通融，加上親切和善的笑容，即輕易征服了我這個異鄉人，也讓我成為新航支持者中的一員。事實上，新航的飛航安全與服務態度，早已有口皆碑，月前美國《旅行家》雜誌公布其二萬六千多名讀者票選優良航空公司的結果，新航再次奪魁。總計在過去二十三年的評比中，新航竟有二十二年排名第一，此一令人難以置信的經營績效，得之豈是偶然！

朋友及我個人的這兩則搭機插曲，雖然情況不盡相同，然而，其令人感動處，也就在於顯示了人性的善良與溫暖。英國十八世紀詩人華茲華斯（William Wordsworth）說得好：「一個好人一生中最教人稱頌的部分，就是他那種微不足道、不會被人記得的仁慈與愛心。」人生不管處於何時何地，不管自己有錢沒錢，若有心行善，何愁沒有機會，何愁無從表現！

許多人都有宗教的情懷，也深信「人在做，天在看」的道理，但最重要的還是要有一分柔軟心、一副好心腸。西藏精神領袖達賴喇嘛曾如此開示：「不需要寺廟，不需要複雜的哲學，我的心靈就是寺廟，我的哲學就是仁慈。」此語能出自一位宗教界的宗師，是不是益發值得我們深思？

換言之，只要我們心存善念，做人處世常能設身處地為別人著想，即使我們所能布施的，只是我們的微笑、我們的言語，他人也一定能感受到我們的善意與溫情，那麼，人生的道路即使處處荊棘，也不會教人覺得太過悲涼冷漠了！

馬克吐溫說：所謂仁慈，就是那種聾子可以聽見、瞎子可以看到的語言。（陳懿文／攝）

你有做你自己、做你真正自己的自由，

就在此地，就在此刻，

沒有任何事物可以阻礙你的追尋！

——美國作家　李查巴哈

You have the freedom to be yourself,
your true self, here and now,
and nothing can stand in your way.

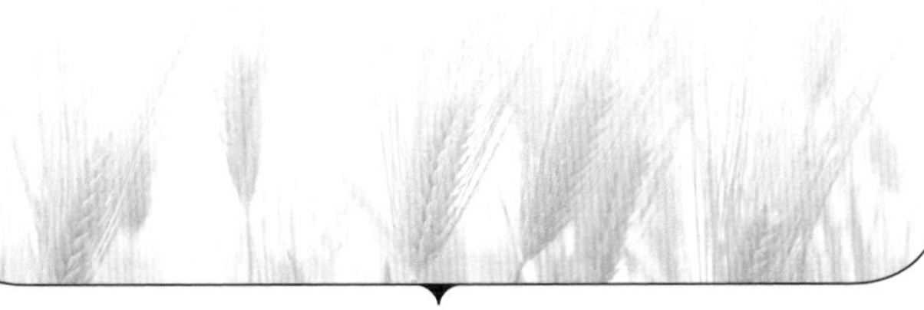

加利利的海鷗

春節，是國人一年中最看重的節慶，除夕前好一段日子，家家戶戶無不忙進忙出的置辦年貨、準備年菜，為一歲的辛勤，留下完美的印記，也為另一年的美好，寄以無限的期盼！

今年我與內人決定改弦更張，把生活的節奏做一大幅調整，亦即完全不為過年操心，而是跟兩位仍然待字閨中的成年女兒談妥，由她們選一中意的館子提前吃年夜飯，當然，筆者也得提前扮演「散財童子」，行禮如儀的發壓歲錢了。

一切打點妥當，夫妻倆就心安理得的，在大年除夕前一天出發參加以色列的聖地之旅，因此，才有機會來到慕名已久的加利利海（The Sea of Galilee）一遊。

說到加利利海，知名度或許趕不上地中海、愛琴海、紅海或死海，有些人不免會有陌生之感，但對任何接觸過《聖經》，抑或履足過以色列地區的人而言，必然是如雷灌耳，心嚮往之了！

加利利海，雖有大海之盛名，嚴格說來，只能算是以色列最大的淡水湖，總面積僅約一百六十六平方公里，大約是台灣日月潭的二十倍，以色列境內發源於戈蘭高地的約旦河，就是由北向南奔流，曲曲折折的匯入其內。

雖未像浩瀚無垠的海洋那樣壯闊，但你絕對不能對它稍存輕慢之心，因為它可是《聖經》所載耶穌基督在這兒呼召彼得、安得列、雅各為門徒之地，也是祂行神蹟與傳播福音最主要的場域之一。諸如人們耳熟能詳的耶穌平息海上風暴、在海面行走，以及用五餅二魚餵飽五千人的事蹟，無不跟加利利海有關。

一行人是在晚霞映天的黃昏時分行腳到加利利海岸邊，船家在此早已耐心等候多時，一俟大夥兒魚貫登船，就立即解纜啟航。眾人或坐或站各就其位後，一位皮膚黝黑、留著短髭的高大船夫，恭立於船首甲板旗桿處，準備隨時升起我青天白日的國旗。

當船長一聲令下，擴音器就響起我國國歌，大家不約而同的起立應聲合唱，同時也紛紛舉起隨身照相機，拍下國旗在透著寒意的海風吹拂下，緩緩而升的感人情景。此時，暮靄四合，海鷗群飛，遠山燈火點點，為以色列加利利海的靜謐夜色揭開了序幕！負責帶領的吳獻章牧師，以祈禱與詩歌做過敬拜後，眾人立即取出午餐時特別留下的麵包，撕成小碎塊，身體緊挨著船弦，以天女散花之姿，向空中隨興拋擲。

此舉馬上招引來無以計數的灰白海鷗，繞著我們的船搶食四面八方飛來的口福。不是親眼目睹，很難想像海鷗的飛行速度，以及其眼明嘴快的程度，也能像鷹隼那樣狠準！

雖然是處於彼此競爭的態勢，然而，卻不見牠們在空中過於搶奪，甚或反目毆鬥，牠們只是各憑本事的，去爭取自己的生存權力。有時你向船外快速丟出一把麵包塊，難免其中也有被漏接的，不過，說時遲那時快，往往明明見其快要落海了，卻又被一隻俯衝過來的海鷗及時截走。

毫無疑問的，牠們個個都是百分之百的飛行高手，平飛、側飛、仰飛、俯飛、翻飛，無所不能，無所不精，尤其是在空中截取食物目標時，牠們更能展現絕技，以迅雷不及掩耳之勢，俯衝取物再拉高，於是就在空中虛畫出了各種角度的拋物線條，留下了極其曼妙的身影。

說來，海鷗是人們最常見、最親近人類的海鳥，在全世界各個港口、海灣、島嶼，都一定可見其蹤跡。古時候，船隻因風暴迷航，水手們徬徨驚恐之時，一旦看到海鷗的出現，就不禁高興的歡呼起來，因為，他們知道陸地一定近了！

即使到現在，對許多人而言，海鷗也象徵著信心與盼望，美國作家李查巴哈（Richard Bach），在其一九七〇年代的暢銷名著《天地一沙鷗》中，即以擬人化的筆法，刻劃出一隻海鷗的不凡故事，象徵著人生信仰的堅持、生命的超越、理想的追求、夢想的實踐，是何等的重要！

看到加利利的海鷗，又一次讓我想起李查巴哈書中的名言：「你有做你自己、做你真正自己的自由，就在此地，就在此刻，沒有任何事物可以阻礙你的追尋！」

這次聖地之行，朝聖與旅遊並顧，知性與感性兼具，心靈受到的撞擊與震撼，無以名之，值得回憶的點點滴滴，何止一端，事實上，有更多值得記述之事，早已烙印心版，永難忘懷！

加利利海在暮靄四合時海鷗群飛的景象。（王壽來／攝）

有時我們或許無力阻止不義之事，

但我們絕不該怯於抗議。

——美國作家 維瑟爾

There may be times when we are powerless to prevent injustice, but there must never be a time when we fail to protest.

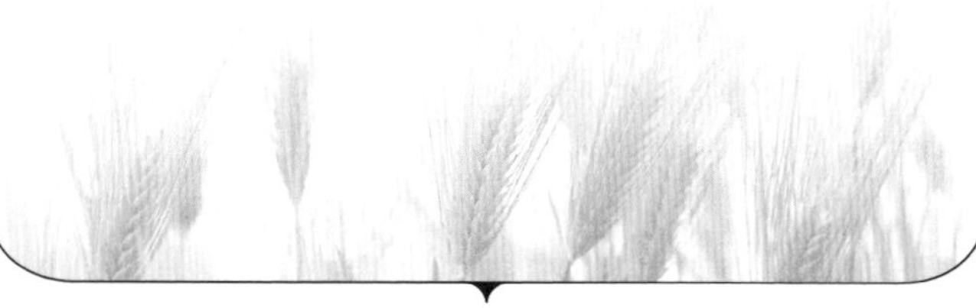

古月照今塵

日前應邀出席孫立人將軍紀念館的揭匾儀式，終於有機會一償宿願，登堂入室進入這座位於台中市西區向上路的日式歷史建築。

說是紀念館，其實即為孫將軍度過幽居歲月的故居，也就是一代名將長時間失去自由的所在。任何人不管對中國近代史了解多少，對八年抗日、國共內戰、政府遷台風雨飄搖的處境有多少認識，抑或對政治上的傾軋鬥爭及恩恩怨怨是否有所涉獵，只要一腳踏入孫氏因不白之冤被軟禁了三十三載的場域，任憑是什麼樣的鐵石心腸，任憑原本有如何慣看秋月春風的冷漠，都不免墜入過往的時空脈絡之中，而興起幾分不捨與不平！

「信而見疑，忠而被謗」是司馬遷在其曠世巨著《史記》中用來形容屈原的話語，但自古以來，歷朝歷代與屈原有類似命運、思之令人扼腕的人物，又豈在少數？在揭匾儀式中，孫將軍的長女孫中平女士代表家屬致謝詞時提到，家人曾忿忿不平地問孫氏：「如果人生能重來一次，是否願意走同樣的路？」孫氏義無反顧地回說：「絕不後悔！」聞之，更讓舉座鼻酸。

一個一輩子出生入死、戰功彪炳，對國家有如此重大貢獻的赫赫名將，卻不容於當道，被人以莫須有的罪名誣陷，不能再一酬壯志、報效大我，說來固然是孫立人將軍個人一己最大的遺憾與不幸，然而又何嘗不是社會的不幸、國家的不幸？

我以來賓的身分觀禮，靜靜地聆聽著孫中平女士以極其平和委婉的語氣，娓娓道來其父默默承受苦難的行誼，不禁沉浸在一種無以名之的感傷之中，此時環顧左右賓客，我發現眾人頓時不約而同地面色凝重起來，眼眸中無不流露出揉雜著同情與哀戚的神情。我隨手掏出口袋中的小筆記本，摘要記下孫女士所訴說的故事。

孫中平告訴大家，其父雖蒙受常人難以想像的奇恥大辱，但他自律甚嚴，始終默默承受，從不怨天尤人，口出激憤之言，也不會像現在社會所流行的，動輒對政府嗆聲。她說，其父常講他一生最崇拜的人有二，那就是岳飛與聖女貞德。

可能是受限於致詞的時間，孫中平並沒有進一步說明為何孫將軍會獨獨對岳飛與聖女貞德推崇備至，不過，用不著費神細想，人們應也可知其梗概。諒以此二人都是勇敢善戰、功在社稷之士，但都被奸人以莫須有之罪陷害，造成千古奇冤，無人不為之叫屈，可說與孫立人將軍的不幸際遇有若何符節之處。

就拿岳飛來說好了，宋高宗與宰相秦檜為了苟安一時，決意與金兵謀和，竟在一日之內，連下十二道金牌，強令一心精忠報國、亟思直搗黃龍的岳飛退兵還朝。岳飛不願率部抗旨，只得從命。當軍隊撤離時，地方父老紛紛攔馬勸阻，哭聲盈野。待其返回臨安，竟遭誣陷謀反，下獄被害。年僅三十九歲的岳飛在受刑前寫下「天日昭昭，天日昭昭」絕筆書。

這八個字，固然可以望文生義，而後人還是有不同的解讀。有人說，這是講「舉頭三尺有神明」，也就是人在做、天在看的意思；有人認為，這是岳飛滿懷悲憤的控訴，痛陳自己一腔報國熱血，反遭誣陷謀反，不知天理何在；也有人表示，這是岳飛預示其冤屈終將洗刷，大白於天下。

相較與岳飛，孫立人將軍的劫難雖然沒有那樣悲慘，可是跟司馬遷筆下所形容三閭大夫屈原「誠信而被懷疑，忠誠而被毀謗」不公不義、天人共憤的情況，又有什麼不一樣呢？

我在孫將軍故居屋內，看到牆壁上掛著兩幅葉公超先生送給孫氏的國畫「墨竹」，其中一幅的題識寫著「歲暮懷人，寫寄平安，甲辰除夕，爆竹聲中信手成此」等語。在我國的傳統文化中，翠竹是歲寒三友之一，代表著高潔、氣節與虛心。

畫中的年款甲辰，是民國五十三年，彼時孫立人將軍已被軟禁，葉氏在自身處境困難之下，竟能不避嫌疑，贈以親筆墨寶，不僅表示了他對故人的誠摯關心，也顯示了他不畏權勢的真性情。當時，葉氏本身也被當局貶抑，鬱鬱不得志，此畫大有同病相憐、相濡以沫之意，當然更有雪中送炭之深情。

觀賞此畫，我不禁想起羅馬尼亞裔美國作家、諾貝爾和平獎得主維瑟爾（Elie Wiesel）的名言：「有時我們或許無力阻止不義之事，但我們絕不該怯於抗議。」以公超先生做人之耿介正直，我會相信，他必定也是用這張象徵高風亮節的墨竹圖，來代表著他為故交、為自身所做的無言抗議！

走訪一趟一代名將的故居，眼見房舍依舊，庭中的青青榕樹依然枝繁葉茂，但歲月匆匆，算來其老主人已離世二十年矣，讓人不期然有人事全非、古月照今塵之感。

孫立人將軍故居為日式平房庭園，孫氏被幽禁於此長達三十三年之久。（黃巧惠／攝）

不要教孩子們永不生氣，

而要教他們如何生氣。

——美國作家 艾博特

Do not teach your children

never to be angry;

teach them how to be angry.

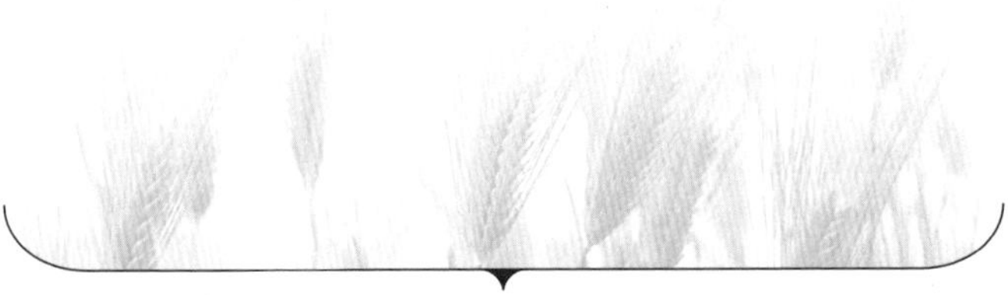

四季脾氣

上週末，幾位當年一塊兒讀研究所的老同學找我去探望一個共同的朋友，雖說事前早已約好，我心中還是有點犯嘀咕，不為別的，就怕萬一彼此有話不投機之處，對方亂發脾氣的老毛病一發作，就會把原本融洽、開心的氣氛弄僵，讓大家不歡而散。

其實，這位仁兄是個直來直往、喜怒哀樂常形於色的性情中人，雖說已屆耳順之年，年輕時火爆浪子的作風也略見收斂，然而，身為獅子座的一員，似乎永遠順著天性走，也就是說，一天的脾氣活像四季的變化，包不準你會碰上春夏秋冬哪一季。

說來，一個人脾氣如何，跟其與生俱來的基因、血型、個性，不能說完全沒有關係，但跟其後天的修養、人生觀、生活環境與社會化的過程等，何嘗不是息息相連？若只單單一股腦兒全推給先天的因素，那就未免把事情過度簡化了！

一個人脾氣控制得宜，時時讓人有如沐春風之感，不消說，一定容易左右逢源，廣結善緣。惟若脾氣不佳，動輒大動肝火，怒氣沖天，除了有害於自家身體不說外，也很容易得罪朋友，使自己的人緣變差，甚至變成他人心目中敬而遠之的瘟神。

當然，人有七情六慾，遇到十分離譜、不公不義、難以忍受之事，就是修養再好，也很難不動氣。對此，古希臘哲學家亞里斯多德說得最為到位，他是如此開示的：「生氣是再簡單不過的事，任何人都會有生氣的時候，但是要向應該怪罪的人發火，而且生氣得恰到好處，並在對的時間，以正當的目的及合宜的方式為之，那就大大不易了！」

從亞里斯多德這段話可以看出，發脾氣固屬人性、天性，而其中學問之大，絕非三言兩語可以道盡。時至今日，現代心理學家無不承認，生氣是古往今來所有人類必有的生命經驗，它是一種基本的、自然的、成熟的情緒，也可說是人們求生圖存的本能之一，實無可厚非。

話雖如此，發脾氣若是變成了家常便飯，甚或變成了每天必行的日課，那就應該自我檢討了。備受宗教界敬重的佛門大德聖嚴法師就曾指出，「貪、瞋、癡」是人類三種根本的煩惱，故被稱為三毒，但是，我們每一個人都難免起瞋恨之心，只不過有些人是瞋恨於內，未顯現於外而已。

把怨恨或怒火壓抑下來，不隨便讓自己怒形於色，在聖嚴法師看來，能做到這個地步，已屬不易，可是還不能算修行圓滿，真正值得稱道的，乃是根本不因外境的干擾，而起怨懟之心。

享譽國內外的大藝術家吳炫三老師曾在閒聊時跟我提起一樁趣事，挺能顯示他的修養與好脾氣。故事大致如此，有一個初識的女性友人當面對吳老師直截了當的說：「你的名氣很大，不過，聽說你這個人長袖善舞，在國內外藝術界一直都很吃得開！」

吳老師聽得出對方話中有話，但他不以為忤，只面不改色的笑說：「說我長袖善舞，太小看我了吧？我穿短袖也善舞呢！」對方聽到吳老師如此從容、逗趣的回應，忍不住笑出聲來，從此兩人結成莫逆。

吳老師面對不甚友善的話語，能輕鬆以對，不僅巧妙的化解了一場尷尬，而且還贏得了友誼，可以見出其以柔克剛、有容乃大的做人氣度。這讓人也不禁聯想起近代美國作家艾博特（Lyman Abbott）的一句名言：「不要教孩子們永不生氣，而要教他們如何生氣。」

換言之，教人永不生氣，恐非一般人所能勉力而為，算是強人所難，但教人如何表達不快的情緒，卻是一門人人能夠心領神會的功課。筆者就常跟自己的學生提起國學大師錢穆先生在其著作《師友雜憶》中所記述的一樁往事，很可以作為我們這些凡夫俗子待人處世的參考。

錢氏在書中提到，當年跟其在北大一起教書的孟心史先生，開的是明清史課程，為人心氣和易，有好好先生的美名。上課時，有不少學生翹課，一旦點名，同學們往往互相掩護，輪流應到。孟氏看在眼裡，有一天就說：「今天上課的同學人數不多，但點名時卻又都到了。」

身為人師，沒有什麼大小聲的喝斥，卻在幽默的話語中，不慍不火的表達了幾分不快與責備之意，真不能不說是深通生氣三昧的高手。

總之，藝術家吳炫三也好，前輩學者孟心史也好，我們欣賞他們的風範之餘，似乎也不妨反躬自省一下，儘管歲時季節有春夏秋冬之分，我們的脾氣是否也一定要隨著自身情緒的起伏，而有四季之別呢？

不因外境的干擾而起怨懟之心，才是真正的修行圓滿。（洪淑暖／攝）

要給孩子愛、歡笑與平安，

而不是愛滋。

——南非政治家 曼德拉

Give a child love, laughter and peace,

not AIDS.

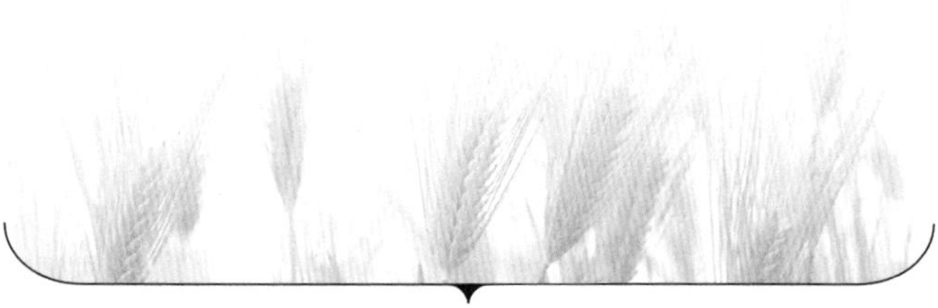

永遠的「馬迪巴」

凡是去過巴黎觀光旅遊的人，不管行程是如何蜻蜓點水，如何走馬看花，就算你無感於艾菲爾鐵塔、凱旋門、聖母院、羅浮宮等舉世聞名的名勝古蹟，也很難不被那些刻劃著歲月痕跡的古老建築，以及始終散發在空氣中的浪漫人文氣息，所深深吸引！

那時你才能略微體會到，為何美國小說家海明威會對友人說：「如果你夠幸運，可以在年輕時待過巴黎，那麼，不論你此生行腳何方，它都將跟隨著你，因為巴黎是一場流動的饗宴。」

或許，你這一生也走訪過巴黎無數回，對這座文化藝術之都同樣頗有好感，但卻沒有喜歡到戀戀難捨、魂牽夢縈的程度，更甭說它會成為你心中一場永不散的筵席。話雖如此，我對海明威的話從不懷疑，因為我深知，人只有活在年輕的時候，一切美好的事物，才有可能成為你生命中難以磨滅的印記，讓你可以回味咀嚼一輩子。

對筆者而言，若說精神上也一直有一場流動的饗宴，所指的絕非巴黎，而是那屬於非洲大地的南非約翰尼斯堡（簡稱「約堡」）。儘管屈指算來個人已離開南非三十餘年，然而，不知凡幾，在我清醒之時，或在夢境之中，依然不時浮現起生活在南非時的片片段段，包括那永遠蔚藍的約堡天空、四季如春的地中海型氣候、渾厚如天籟般的黑人歌聲、充滿節奏感的土著舞蹈、成天笑意盈盈的黑人女傭、凶巴巴的白人警察……

記得，筆者當年被外派至約堡工作的時候，不過三十出頭，正是胸中充滿熱情與正義感的年華，目睹南非在方興未艾的種族隔離政策下，黑人受到種種非人道的待遇，心中自有諸多不捨與不平。事實上，當時許多有識之士也都已預料到，此種少數統治多數、人權備受摧殘的情況，必難長期維持，只是不知最後會是一場激烈的內戰，或是一場不流血的寧靜革命。

筆者在南非工作了四年多，其間兩個女兒也先後出生，至今，我仍妥善保存著她們的出生紙，倒不是希望有一天她們會想要尋根，甚或有意歸化為南非籍，而是要她們永遠記住，她們生命之舟「啟航港」的所在，以及她們跟非洲的特殊緣分。

說實在的，當我奉調回國服務時，我跟內人心中並沒有什麼「遠離非洲」的喜悅，反倒是有一股無以言宣的鄉愁開始縈繞心際。

此後多年，日子就在為生活、為工作打拼中悄然流逝，但我們對南非日益嚴重的黑白衝突，及其詭譎多變的政情，一直憂心不已，直到被長期囚禁於羅本島的黑人領袖曼德拉，被白人政府無條件釋放，後來並成為南非普選的首位總統，這一顆懸掛之心，才算真正放了下來。

近幾年來，曼德拉長期臥病，年前不敵死神的糾纏，以九十五歲的高齡辭世。噩耗傳出，舉世震悼，國際媒體無不以顯著篇幅報導其生平，而且各國元首也都不約而同的，紛紛發言悼念，其中最是動見觀瞻的美國政府，也不落人後，宣布白宮及全美各機關下半旗向曼德拉致敬。

猶記，當時美國總統歐巴馬在記者會上，更揚棄了官樣文章，以極其沉痛謙卑的語氣，說出其肺腑之言，令人聞之動容。他是這樣說的：「我實在無法想像，缺少了曼德拉所樹立的典範，我自己的人生該何去何從，在我有生之年，我都會全力以赴的向他學習！」

歐巴馬之所以會把曼德拉奉為精神導師，當然其來有自。說來也真不簡單，當年，曼德拉為反抗南非白人政府的種族隔離政策，被法院判處終身監禁，坐了二十七年不見天日的黑牢，人生四分之一世紀的黃金歲月，就此白白斷送，也受盡一切外人難以想像的折磨。

可是，當他被釋放出獄，卻能毅然放下個人切身之痛，一路高瞻遠矚的往前看、往遠看。他為了修補南非社會的嚴重裂痕與對立，避免種族仇恨的擴大，即以宗教家般悲憫的胸懷，寬恕監禁他的人，不遺餘力的推動種族大和解，亦因此榮獲象徵最高榮譽的諾貝爾和平獎。

人們可能都還記得，當他在一九九〇年二月十一日獲釋踏出獄門後，說出了下面一段恐怕只有古今聖哲才能說出的恢宏之言：「當我踏出囚房，走向重獲自由的監獄大門那刻，我心中明白，自己若不能把悲痛與怨恨置之腦後，那麼，我就仍然身處牢獄之中。」

其實，曼德拉之所以讓人打心底佩服，也不只在這些人們共見共聞的大處，在一些鮮為人知的小節上，亦可看出他不凡的人格特質。例如，一九九二年十月間，他以政黨領袖的身分，應邀訪問中國大陸，在上海下榻一間五星級飯店，一覺醒來，想要親自動手鋪床。

同行的助理見狀急忙勸阻道，他若如此做，會被視為對這家飯店的一種侮辱，清潔人員說不定還會因而受罰。曼德拉不以為然的回說，這種生活瑣事，理應親自處理才對，於是，交代助理把飯店的經理及清潔婦一起請來，他要當面向他們解釋。這位助理事後回憶說，曼德拉從不在乎大人物如何想他，而他卻十分在乎小人物如何看他。

曼德拉是現今政治人物中少見的勇者，在二〇〇五年一月六日，他的五十四歲長子病逝於約堡，他毫不避諱的立即對外宣布，其子是死於愛滋，此舉是基於他強烈意識到，唯有如此，才足以顯示此病乃是一種正常的疾病。在曼德拉的晚年，他把防治愛滋當成一生最後的志業，他曾呼籲說：「要給孩子愛、歡笑與平安，而不是愛滋。」

曼德拉可說是當代所有南非人的驕傲，許多南非人不呼其名，而稱他為「馬迪巴」（Madiba），而對我這個一直把約堡當成流動饗宴的人來說，「馬迪巴」一詞又是何等親切，甚至只要念及此一意指「老爹」的暱稱，我就不禁懷念起年輕時的歲月，以及那遙遠非洲大地對我不時的呼喚。

如果你覺得冷，茶會使你溫暖；

如果你覺得燥熱，茶會讓你涼爽；

如果你感到沮喪，茶會讓你振奮；

如果你太疲憊，茶會讓你氣定神閒。

——英國政治家 格萊斯頓

If you are cold, tea will warm you;
if you are too heated, it will cool you;
if you are depressed, it will cheer you;
if you are exhausted, it will calm you.

永遠的茶香記憶

我是寡母帶大的，耳濡目染，無形中沾染了母親的許多生活習性，喝茶是其中之一，尤其是對屬於花茶的香片，更是情有獨鍾。

在那段大部分人家生活都不寬裕的歲月，一般人有茶可喝，就算是一種享受，現今社會上普遍流行的種種沏茶工序與講究，諸如燙壺、溫杯、高沖、低泡、聞香等，全都派不上用場。記得，母親每天早晨定會在一隻瓷壺裡放一小撮茶葉，用開水沖泡後成為原汁茶湯。喝茶時，就先在小杯中倒上半杯茶汁，再從暖水瓶中倒出一些開水，這樣兌著喝，自然是一種省吃儉用的做法。

而且，在第一泡茶湯喝完了，還可以再沖第二泡、第三泡，一天下來就只消耗那麼一回茶葉，一年四季天天如此。有時，母親看我從外面運動回來，一身臭汗，就會喊住我，要我先喝口茶，解解渴。從她手中接過來散發著淡淡茉莉花香的茶水，一邊品茗，一邊聊著學校中發生的種種趣事，母親從不嫌我囉嗦，總是興趣昂然地傾聽，母子之間似乎永遠有講不完的話語。

這是兒時與少年時的記憶，算來已是天遙地遠的陳年往事，但對我而言，卻一直鮮明如昨。我曾兩次駐外，總計有十年的光景，它伴隨著我漂洋過海，遠征南非的約翰尼斯堡，也伴隨著我卜居美國西岸舊金山，甚至在母親於年前辭世後，午夜夢迴，每次想起母子之間互動的點點滴滴，這份茶香的記憶依然如影隨形，揮之不去。

就是此一難以拋撇的溫馨因緣，促使我一口應允一位電台主持人的邀約，由他開車載我及兩位同事到石碇山區探訪一位行事作風與眾不同的茶農。原本以為只是專程去喝茶及欣賞山色，沒想到竟然在這位打著赤腳迎賓的茶農身上，學到人生寶貴的一課。

我們稱呼這位茶農為小高，看其年紀不過四十出頭，但他已從事種植茶葉這行二十多年。他講話有點結巴，木訥憨厚的外表，給人一種誠懇踏實的感覺。他種茶，從不灑任何農藥、殺蟲劑、除草劑，而是採取自然野放的耕作方式。這種育茶的方法，與其說是看天吃飯，毋寧說是將茶葉的主導權還給大地，他所得到的回報，就是高人一等的香醇好茶，即使產量遠不及使用農藥的其他茶園，他也在所不惜。

小高帶我們一腳踏入他的山坡茶園，當場指著被蟲咬食過的眾多葉片說，「看哪！這是真正的生態平衡，如果灑過農藥，小綠葉蟬就不可能存在了，要知道，只要是牠咬過的茶葉，才會有一種特殊的果蜜香！」他又蹲下身子，抓了一大把泥土給我們看，指出土質的鬆軟肥沃，以及土壤的清香，並強調這是他堅持十餘年休耕所換得的成果。

在時下事事追求速成的社會裡，小高以慢工出細活的方式種茶、摘茶、製茶，所付出的最大成本，就是時間，舉凡日光曝曬或炭火烘焙，悉依傳統古法進行，與別人相比，至少要多花兩三倍的時間。他對我們說，他把自己所有的溫柔都給了茶，不過，茶也未辜負他的真情付出，報以最甜美溫潤的滋味，說來這也完全印證了小高所領悟「你怎麼對茶，茶就怎麼對你」的種茶哲學。

我們一行先後品嚐了文山包種、經典老茶、東方美人茶等，各個茶款風味不一，但都能使飲者入口回甘，餘津汩汩，甚至在數泡之後，茶底依然香氣氤氳，聞之教人入醉。享受如此的好茶，令人不由想起英國十九世紀政治家格萊斯頓（William Gladstone）的名言：「如果你覺得冷，茶會使你溫暖；如果你覺得燥熱，茶會讓你涼爽；如果你感到沮喪，茶會讓你振奮；如果你太疲憊，茶會讓你氣定神閒。」

格萊斯頓的寥寥數語，已道盡喝茶的妙處，而我還要加一項，那就是撲鼻的茶香總能勾引起你我生命中許多美好的回憶，當然，這一趟的石碇山中之行，亦將令人永難忘懷，特別是下山時，向晚的天空突然飄起了絲絲細雨，回首遠處，感覺上，那掩映於山嵐間的茶樹，伴以黃昏不時響起的陣陣蟬聲，似在訴說著一位茶農奮鬥的感人故事……

撲鼻的茶香總能勾引起你我生命中許多美好的回憶……（陳輝明／攝）

「熊熊，我們永遠都會是朋友，對吧？」

小豬問道。

「甚至比永遠還要來得長久！」小熊答說。

——英國作家 米爾恩

"We'll be friends forever, won't we, Pooh?"

asked Piglet.

"Even longer," Pooh answered.

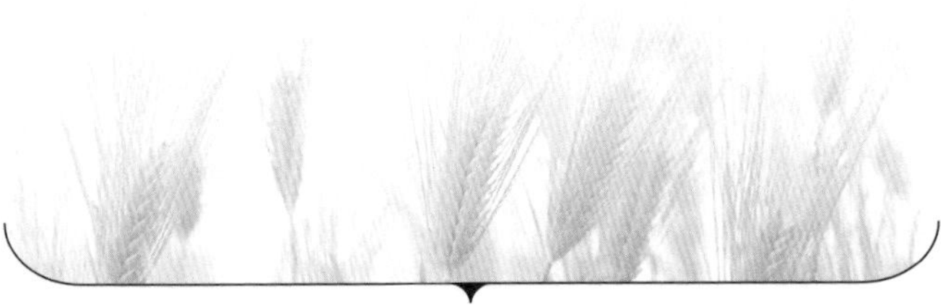

永遠與永永遠遠

在日常生活中，有許多詞彙是人們經常掛在嘴邊、隨時就脫口而出的用語。或許，正因為是約定俗成，大家早已「習矣而不察焉」，自然也就從不會追本溯源的思索其真正的含意，而一旦遇人追問，很容易就被問倒！

年初參加了一個遠征耶路撒冷的朝聖團，負責解說的張實賢老師，學貫中西，分析事理博徵旁引，十分令人傾倒，而且他重視啟發，多次利用行車時間，丟出一些簡單有趣的問題，算是一種「隨堂測驗」，一方面也是在打發眾人乘車的無聊。

記得，有一回張老師問大家何謂「永遠」，這「永遠」一詞是否可與「永恆」劃成等號，是否就代表著時間的無限延伸，永無終止之期？

語畢，一陣沉默，車上四十多位學員竟無人舉手答腔，因為大家都不免心存狐疑，深怕這一個看似再簡單不過的問題，暗藏著什麼玄機、什麼伏筆，會不會是一種腦筋急轉彎似的提問？這時，張老師故意賣了一個關子，讓不少學員苦思一宿，未能安枕。

翌日，一上車，大家迫不及待的要求張老師開示，才聽到他要言不煩的解釋說，「永遠」一詞的希伯來文，是olam，它的向度是有限的，既有起點，亦有終點，意思接近於中國人所說的「一生一世」，其中「一生」是指時間，「一世」則是指空間。若要表達無限的永遠，那就要用olam的複數格olamim，如此所指的，就是無限的永遠了，中文不妨譯為「永永遠遠」。

說起來，應算是現學現賣吧，最近筆者有一位訂交二三十年的老友用手機傳來一則簡訊，慨嘆現實的無情與人世的無常，在結尾更感性的說：「咱們今後可要多多保持聯繫，做永遠的朋友！」

讀後，我不假思索的立即以手機回覆道：「不止是永遠的朋友，而且還是永永遠遠的朋友！」想來，他並沒聽過張實賢老師的一番講解，應該摸不太清楚我講此話的深意，只道我是在強調彼此歷久彌堅的友誼而已。

人生多苦難，一生中能擁有幾位志趣相投、莫逆於心的友人，彼此互相扶持、鼓勵及打氣，這是何等幸運之事，其重要性足以跟親情與愛情等量齊觀，因而，人們若寄望這種深厚情誼能夠歷久彌新，永遠不移，不也是人之常情？

此一植根於人性共同的期盼，在無數世界文學名著中都歷歷可見，舉例而言，人們要是讀過英國大作家米爾恩所寫的兒童文學名著《小熊維尼》，一定會記得書上不少的經典片段，尤其是下面這兩句對白：

「熊熊，我們永遠都會是朋友，對吧？」小豬問道。

「甚至比永遠還要來得長久！」小熊答說。

米爾恩透過小豬與小熊童言童語、擬人化般的對話，點出了世人對友情深層不滅的渴望，而對話中所謂的「比永遠還要來得長久」，不就是張實賢老師口中的「永永遠遠」！

確實不錯，人生有諸多難得的情誼，值得你我永遠珍惜，人生也有諸多美好的事物，值得你我永遠追求，我們固然無法讓自己永遠站在人生的舞台，但卻能在有生之年，無時不刻的，感受到生命的無限美好。

或許，你我的生活過得平平淡淡，乏善可陳，既無太多餘裕供自己揮霍，也沒有太值得眷戀的感情可以依附，縱使如此，季節的推移，大自然的變化，也必然可以讓你我默默領受到大地的無盡藏。

北宋文學家蘇東坡的故事，可為佐證，他一生坎坷蹭蹬，以至於在最失意之時，寫下了「小舟從此逝，江海寄餘生」的千古絕唱，但他終究未被接踵而至的困頓擊倒，而能寄情於取之不盡、用之不竭的大自然，將其心思轉移到天光雲影、江上清風、山間明月，為自己找出生命的另一扇出口。

對此，上世紀的英國詩人加利納（Richard Le Gallienne），也寫過一段相當觸動人心的文字，大意如下：

大自然永遠是來來去去，永遠是悄然趨近，又悄然消失，但在她離去之時，每每見其不斷揮舞著玉手，為彼此在迢迢前路的再度相逢，做出承諾！

加利納感嘆大自然周而復始的來去自如，看似飄忽，卻又信守不渝，這與蘇東坡所說的「自其變者而觀之，則天地曾不能以一瞬；自其不變者而觀之，則物與我皆無盡也」，難道不是大同小異的情懷？而蘇東坡所言的物我無盡，不就是永遠，不也就是永永遠遠！

世間有永遠信守的大自然，人間有永遠信守的情誼，這是生命最可貴之處！

你應解開帆索，駛離安全的港灣，

乘風破浪，去冒險，去逐夢，去探索！

——美國文豪 馬克吐溫

So throw off the bowlines.

Sail away from the safe harbor.

Catch the trade winds in your sails.

Explore. Dream. Discover.

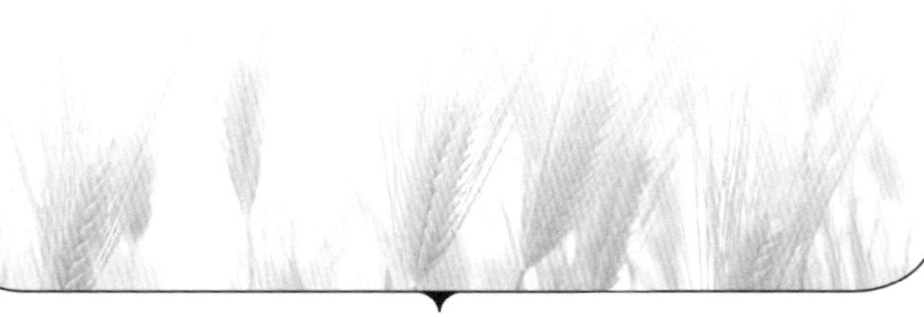

在歌聲中走過千年水道

因工作性質的關係，過去三四十年間走訪過世界許多國家，此外，也曾利用假期行腳異鄉遊山玩水，體驗各國風土人情與佳餚美食。儘管如此，我對文壇巨擘林語堂先生曾說的「直到踏入家門，倒頭在自己往日熟悉的床枕，才會了悟旅遊竟是何等美好」一番話，並沒有什麼特別的感動及體悟。

直到月前從以色列朝聖歸來，心中念念難忘耶路撒冷的哭牆、苦路，以及希西家水道（Hezekiah's Tunnel）等情景，才真正體會到林氏之言的深刻。尤其是在並無任何照明設施的岩洞中，靠著極其微弱的帽沿燈，摸索穿越冷冷、窄窄的水道時，同團教友互相打氣，哼唱聖歌《如鹿切慕溪水》那一幕，日夜一直縈繞心際，感覺上，好像時空早已遭凍結，似乎自己至今還未完全走出那兩三千年前所建的水道一樣……

雖說希西家水道如此赫赫有名，如此讓遊人魂牽夢縈，然而，前往以色列旅遊的各國人士，有幸走過水道者，畢竟還是少數。原因無他，就是走水道需要更換衣服、鞋子，也需要有帽沿燈或手電筒一類的基本照明裝備，而這對出門在外的一般遊客而言，自然不很方便，無怪乎我們一行人在走水道時，並沒有遇見任何其他國家的遊客。

這條古水道是深藏在耶路撒冷大衛古城地下三十多公尺處，全長約五三三公尺，是以三十公分的高低差，將城外基訓泉的水，引入城內的西羅亞池。根據《舊約聖經》的記載，此一艱鉅的水利工程，應是完成於二千七百年前的猶大王希西家時代。目的是在防範亞述敵軍入侵，城池一旦長期被圍時，該國還可以仰靠深藏於地下的祕密水道，讓城中供水無缺，以堅壁抵抗。

水道寬僅容身，只能讓眾人一字成行的魚貫通過，水流最深處約有七十多公分，可達一般人的大腿或臀部下緣，惟其淺處僅及腳踝或小腿而已，水流的阻力不強，行走其中，並不十分吃力，但這也不表示人們可以邁開步伐「急行軍」。

主要是因為水道中一片漆黑，人們僅能睜大雙眼，靠手電筒或帽沿燈所發出的有限光線，走一步算一步的往前移動。再說，水道中兩側的岩壁亦未見加裝扶手，因而只要稍有不慎，就可能在水中踉蹌跌跤，如此一來，就算身體無礙，也會弄得一身溼漉，狼狽不堪！

由此可知，走希西家水道，要想不把衣服弄溼弄髒，當然不能穿長衣長褲，即使是在冬天，上上之策，還是穿短褲或泳衣。而且，慮及在遊覽車上換裝，有所不便，在路邊就地更衣，也不太雅觀，最好是先在旅館中就把準備走水道的衣服穿在裡面，外頭再套一件長褲即可，大半團員都是如此處理，我亦不例外。此外，走水道自不能打赤腳，穿一雙鞋底較有磨擦力的便鞋即可應付。

平心而論，走地下水道應是極難得的人生經驗，而且也談不上有什麼大不了的危險可言，可是，仍有幾位團員考量再三後決定放棄，筆者雖未打退堂鼓，但自忖已非身手矯健的年紀，內心確實也有幾分忐忑不安。

特別是剛下水的剎那，水深及膝，水涼沁心，還沒走幾步，一股寒意立即直湧四肢百骸，讓我不由自主的打了一個寒顫，我在心中對自己喊話：「穩住！穩住！此刻已是過河卒子，無法回頭了，只要自己順著水道的路徑，亦步亦趨的跟在別人後頭往前移動不就行了！」

算盤雖是如此撥打，然而，或許是我的腳步太慢，才不過是一眨眼的工夫，在我帽沿燈微弱光線的照明下，同伴的背影變得愈來愈模糊，極目往前望去，也只能隱約看見幾絲閃爍的燈影，顯然，我已落後了一大截。

然而，就在自己有點心慌意亂之際，走在我前面數十公尺之遙的一票隊友，在領隊的帶領之下，齊聲唱起聖歌《如鹿切慕溪水》。那虔敬的歌聲由遠及近，迴盪在黑魆魆的古老水道之中，餘音繚繞，不絕於耳，讓人有一種無以名之的溫暖感覺。

說來，這首在一九八〇年代才問世的宗教歌曲，不過傳唱了三十多年而已，而其舉世流行程度足以跟《奇異恩典》等人們耳熟能詳的名曲，並駕齊驅。過往，我在各種聚會場合中也聽過、唱過無數回，對它的喜愛雖然始終如一，卻還不至於感動到心潮起伏、眼睛潮潤的地步。

可是，這一次遠征耶路撒冷朝聖，走在承載著猶太人數千年歷史滄桑的古水道上，心中正有幾許慌亂之時，從水道前方傳來的隊友歌聲，給了我極大的安慰與安定力量，頓時把我從徬徨無助的情緒中釋放出來，使我心靈獲得仰靠，鼓舞我以朝聖者冒險探索的精神勇往直前！

當我順利走出古老的地下水道，重見天光時，心中的那分欣喜簡直像登山客攻頂成功一樣，而在另一方面，我對古代猶太人能克服萬難，以當時那麼簡陋原始的工具完成此一鬼斧神工般的艱鉅水利工程，內心真是充滿了敬意。

人們一定很難想像，像這樣一個極具歷史與文化價值，而且在《舊約聖經》中亦有記載的水利設施，竟然會無聲無息的被埋沒於地下二千多年之久，直至十九世紀上半葉，才被有「聖經地理學之父」尊稱的美國著名考古學家羅賓遜（Edward Robinson）所發現。

尤值得一提的是，在一八八〇年六月，一位阿拉伯男孩在水道中嬉戲時，無意中瞥見岩壁上留有數行斑駁不全的刻文。後經考證，此一用希伯來文鐫刻的碑文，記述了從城內外兩端對鑿的工人，最後靠著側耳傾聽對方掘石傳導過來的聲音，終於準確無比的鑿通水道，讓彼此歡然相遇於中途的故事。

現在，此一舉世罕見的刻石被永久典藏於土耳其的「伊斯坦堡考古博物館」，成為該館的鎮館之寶。想當初，這批開鑿水道的工人之所以會想刻字於岩壁，目的恐怕只是在慶祝他們的辛勞有成，而非意圖留名後世。而且，極有可能希西家王對此並不知情，否則碑文應是歌頌國王興建水道的赫赫功勳，而非工人的完工紀實！

對我們這些專程來以色列朝聖的旅人而言，碑文的存在尤具意義，因為它是以最具體樸實的文字印證了《聖經》的記載，而且無形中，也激發了我們的想像力與探索慾，讓眾人在小心翼翼的穿越希西家水道時，彷彿穿越了時光隧道，更鮮活的體驗出歷史的場景。

這次以色列之行，走過深藏地底的古水道，一直讓我回味無窮，不僅令我想起林語堂的名言，而且也對美國文豪馬克吐溫（Mark Twain）鼓吹世人應勇於嘗試與開創所說過的話，拜服不已！

馬克吐溫是如此說的：「你應解開帆索，駛離安全的港灣，乘風破浪，去冒險，去逐夢，去探索！」

簡單數語，卻若暮鼓晨鐘，喚醒已安於現實生活、已將生命之舟停靠於平靜港灣的世人，提醒你我絕不可任令年華悄然流逝，而必須鼓勇開拓人生新的視野，爭取新的生命經驗，為自己的夢想奮力出擊！

耶路撒冷大衛古城地底下的希西家水道，鑿通於兩千七百多年前，「走水道」是聖地之旅中最刺激、最有趣的行程。（王壽來／攝）

所謂信心，就是相信我們尚未親眼看到的，

而這種信心的報酬，就是看到自己所相信的。

——古羅馬哲學家 聖奧古斯丁

Faith is to believe what we do not see;

and the reward of this faith is to see what we believe.

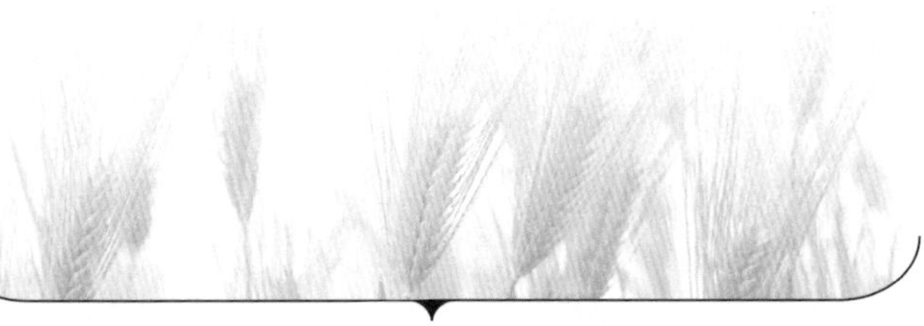

有一條路你要知道

如果你猛然間被人問道，全世界最有名的道路是哪一條？一時之間，你或許能脫口而出，道出心中的首選，但也有可能，即使讓你苦思冥想了半晌，你心中仍舊茫茫然然，沒有個底！

此一問題的答案，當然是因人而異，並無定論，但也無需舉行任何民調，一般人只要稍微定下心來，大概就能舉出巴黎的香榭麗舍大道、舊金山的倫巴德街（九曲花街）、好萊塢的星光大道，或是紐約的華爾街等等人盡皆知的路名！

然而，對全世界的基督徒，抑或是這一生去過以色列旅遊的人而言，不須腦筋特別打轉，十之八九就會投票給耶路撒冷的「苦路」（Via Dolorosa）。此一路名，既非希伯來文，亦非希臘文，而是拉丁文。

第一個字Via，是道路的意思，第二個字Dolorosa，則是憂愁、悲傷、苦難之意。以此為名，則是紀念耶穌遭百般凌虐與疲勞審訊後，背負沉重的十字架，拖著蹣跚的步伐，勉強走到各各他山（Golgotha）受難所途經的道路，所以，這條路除被命名為「苦路」，又被稱之為「十字架之路」。

其實，以耶路撒冷的苦路作為朝聖之地，可說是源遠流長，甚至最早還能追溯到西元第一世紀，亦就是耶穌受難後的數十年間。彼時早期的基督徒已有類似的朝聖活動，只是為了避免羅馬帝國的迫害，行事極為低調，所幸他們離耶穌受難的時間點不遠，所掌握的朝聖路線自然並無太大差池。

傳至今日，歷經兩千年滄海桑田的人世變遷，這一條短短五百多公尺長的受難之路，已無法跟耶穌當時所走過的道路完全相合。根據考古學家與宗教學者的考證，耶穌當年實際走過的路徑，約在現今路面下八公尺處，而且，目前將此路分為十四站的路線規劃，也是在中世紀晚期才有其雛形，到了十八世紀始被完全確立。

如今，對那些專程來耶路撒冷朝聖的舉世信眾來說，追隨耶穌受難的步履，走一趟苦路，印證經書上有關耶穌在世最後十數小時的種種記載，應是其人生信仰生活的最大夢想，而就算是對一般觀光客來說，苦路之行也必是其以色列旅遊行程的一大亮點，若不親自走上一回，不就等於空入寶山而歸？

說來，筆者也算是很幸運，在友人的鼎力協助下，今歲春初擠進了一個火紅的以色列朝聖團，總算有機會在牧師的帶領與解說下，以最虔敬、最真誠的心情踏遍苦路的十四站！

所謂苦路的十四個站，大體上就是根據福音書的紀實，把耶穌受難的過程依時間序與地點做一重點的提示。第一站為耶穌被羅馬總督彼拉多判處死刑，最後一站為耶穌被埋葬，中間十二站依序分別為：耶穌背負沉重的十字架、耶穌第一次跌倒、耶穌在赴刑場途中遇見母親瑪利亞、古利奈人西門替耶穌背十字架、女子維若妮卡（Veronica）為耶穌擦去臉上的血汗、耶穌第二次跌倒、耶穌安慰耶路撒冷的婦女們、耶穌第三次跌倒、兵士強剝耶穌的衣服、耶穌被釘在十字架上、耶穌死於十字架上，以及耶穌的聖體從十字架上被卸下。

由上述站名可知，在這十四站中，有三站是紀念耶穌在羅馬兵丁的押解下，在拖步而行途中，數度仆倒的慘狀。耶穌是三十三歲時遇難，正值人生青壯年華，祂的身體會如此虛弱不堪，是因為祂從深夜被捕，直到背十字架走向山坡上的刑場，十多小時間，除了整夜未眠、滴水未進外，還受盡淩辱與折磨，包括輪番的審訊，以及被狠狠毒打了好幾回，讓祂遍體鱗傷，頭暈目眩，舉步維艱。

依據福音書的記載，當耶穌再也無力背負十字架前行時，押解祂的羅馬兵丁，就隨便抓了一位名叫西門的旁觀民眾，令其背起十字架跟著耶穌走。這位原籍北非的古利奈（Cyrene）人，原本是從鄉下進城來辦事，他擠在人群中看熱鬧，卻無辜受到拖累。《聖經》上並未說明他為何會被挑中，但有解經者推測，那是因為他目睹耶穌的慘狀，面露了同情之色的緣故。

人們若是看過好萊塢巨星梅爾吉勃遜所執導，以耶穌基督生命中最後十二小時為素材的史詩鉅構《受難記》，一定對西門這個不太起眼的角色，留下極為深刻的印象，甚至不禁會感嘆，那些常在耶穌身旁跟進跟出的門徒，這時都躲到哪兒去了，為何不敢主動出面，替奄奄一息的老師代勞一下呢？

在《受難記》這部片子中，還有一個讓人十分動容的片段，那就是目前苦路中的第六站所指涉的：當耶穌精疲力竭，仆倒在地時，一個名叫維若妮卡的女子，無視於羅馬兵丁的阻攔與虎視眈眈，勇敢的跑向前去，跪了下來，給耶穌水喝，並用白色的頭巾抹去祂臉上的血汗。

相較與西門的被迫協助耶穌，維若妮卡的義行，當然益發顯得難能可貴，不過，在記述耶穌一生事蹟的《聖經》福音書中，對此並無隻字片語的描述。根據學者研究，有關她的傳說，最早可以追溯到西元四、五世紀，而且還有一說，指陳她就是福音書中所記載的那位擠在人群中，因為摸了耶穌衣服的繸子，血漏的痼疾不藥而癒的婦人，而這份永銘在心的恩情，讓她目睹耶穌受難，立時奮不顧身的挺身而出。

電影《受難記》會把苦路中第六站的典故納入情節之中，應是看中它的戲劇張力，事實上，凡是看過這部片子的人，也無不身歷其境般，被銀幕上此幕場景感動得熱淚盈眶。而我們這一群來自台灣的朝聖客，有幸走到苦路的這一站，雖身處熙來攘往的人潮之中，卻是心緒翻飛，不能自已，因為，當我們回到一個激動人心的歷史事件現場，想像中，似乎我們就與那位「昔在、今在、永在」的造物主更為接近了！

從信仰的尋根者看來，走一趟苦路，也不僅是親自印證過去的所知，而且對以前未曾想過的問題，有了重新思考的線索。就拿苦路的第四站「耶穌在赴刑場途中遇見母親瑪利亞」來談，做母親的目睹愛兒受盡淩虐與屈辱，傷痕累累的背著十字架上山，內心的悲痛可想而知，這時母子相遇，彼此又是何等傷感！然而，《聖經》四福音書中都沒有提到此一生離死別的場景。

苦路十四站中之所以會有這樣的規劃，當然是認為此站有其極為特殊的意義，所根據的，乃是教會傳統的說法，而非任何信而有徵的文獻。話雖如此，我們若是想到依據《約翰福音》，耶穌在山上被釘十字架時，其母瑪利亞亦在現場掩面而泣的記載，絕不會認為她早已等候在刑場，而應是隨著人群一路跟著耶穌上山。所以，就常理來講，母子相遇於途，乃是再自然不過的事，換言之，這一站的存在，並無任何牽強附會之處，而是必然與必要的！

苦路的終點，是聖墓教堂（Church of the Holy Sepulchre），也就是第十到十四站的所在。任何人，不論你是專程來此朝聖的教友，或是一般觀光遊客，只要一腳踏入其內，受到凝重肅穆氣氛的感染，心情就不免沉重起來，因為這可是耶穌基督受難、安葬和復活的所在。

同行的夥伴，這時無不緊握照相機，在每一佇足處，抱持此生難再、良機稍縱即逝的心思，拼命獵取觸目所及的鏡頭。我還瞥見同團中多位姊妹，踏入教堂不久，竟都不約而同的戴起了太陽眼鏡，想必是已哭紅了雙眼。

就連筆者這個老男人，自認並非是特別多愁善感之輩，但在參觀耶穌被釘十字架的地方、耶穌聖體從十字架卸下後停放的石板，以及耶穌被埋葬的墓穴時，亦不自覺的眼紅鼻酸了好幾回！

事實上，任何人在耶路撒冷走上一遍苦路，即便是走馬看花，即便是鐵石心腸，也很難不被耶穌在世最後一天的苦難，所深深感動！對來此一遊的無數世人而言，此一行程乃是歷史、文化之旅，更是宗教、信仰之旅！因為，不管怎麼說，耶穌的受難，已使原本在古羅馬時代象徵著死亡與恥辱的十字架，變成了永恆的救贖與榮耀！

或許，也讓我們不由想起古羅馬哲學家聖奧古斯丁（Saint Augustine）的名言：「所謂信心，就是相信我們尚未親眼看到的，而這種信心的報酬，就是看到自己所相信的。」

人生在世，有生老病死的宿命不說，當人們在面對紛至沓來的種種苦難，我們究竟要擁有什麼樣的信心？我們究竟要仰靠什麼樣的力量？我們究竟要永懷什麼樣的盼望？走一趟世界獨一無二的苦路，說不定，你我就能得到一些難得的啟示！

如果你不在乎功勞給誰，

你所能成就的事，將令人嘖嘖稱奇。

——美國總統　杜魯門

It is amazing what you can accomplish

if you do not care who gets the credit.

百年古船歸來記

日前，有幾位朋友，由於多次聽我講起搶救百年帆船「自由中國號」的精彩過程，就以眼見為憑作理由，嚷著要我帶大家跑一趟基隆，打算仔細瞧一瞧這條古船的廬山真面目，以及它現在的安身之所。不消說，此事因我而起，我當然義不容辭，樂於從命！

個人一輩子任職於公部門，國內國外工作，加總起來，服務年資長達三四十年，回首來時路，值得一提的事，不在少數，但我從未料到，將一艘古帆船從美國運回來，竟成為我職場生涯最後一哩路中，永遠值得回憶的一筆。

事情就發生於二〇〇九年的四月二十四日。這一天，對在台灣的無數公務員來說，只不過是忙忙碌碌、朝九晚五上班生活的又一個日子而已，並無任何可述之處。然而，對筆者來說，這一天卻有著非凡的意義，只是當時我自己也一無所知，一無所感！

那是一個星期五，算是小週末，心情有點輕鬆，我跟往常一樣，一早踏進辦公室後，在開啟電腦正式核閱電子公文，或找同仁來談公事之前，先會花個十來分鐘，約略瀏覽一下報紙的要聞，當然，那些經常反映民眾意見的投書欄，自不宜輕易略過。

或許是長期以來工作所培養出的敏感度使然，當我瞄到《聯合報》民意論壇版有一則讀者投書，標題為「搶救自由中國號，搶救文化資產」時，立即被其吸引，快速讀畢，就劍及履及的請秘書查出投書人曾樹銘的電話，不到幾分鐘，已跟曾君通上話，相詢之下，才掌握此事的來龍去脈，以及目前的大致情況。

原來，一九五五年春，就在一江山外島陷落，大陳島軍民撤退，台海戰雲密布之際，有五位台灣年輕人，再加上一位美國副領事，駕駛著一艘十九世紀末建造的中式帆船「自由中國號」，花了一百多天，克服種種險阻，成功橫渡太平洋，安抵美西的舊金山，成為當年轟動國際的大新聞。

這艘在台灣航海史上寫下傳奇一頁的古帆船，從此就流落於異鄉，在近一甲子的歲月中，四易其主，最後一位船東雖然非常清楚該船的來歷，不忍遽然把它拆毀，卻發出最後通牒，揚言若一兩個月內不能為它找到適當歸宿，那就只有選擇割捨一途了。

於是，搶救該船一時之間變成刻不容緩之事，不少對該船命運極為關心的人士，包括仍在世的三位高齡船員周傳鈞、胡露奇、麥克文，都一再聯繫在台友人，希望這兒有單位可以接受船東的捐贈，並儘速設法把它運回。此外，過世船員陳家琳的女兒陳玲玲，亦特地為該船目前的處境設立網站，呼籲各界能及時伸出援手。

事實上，投書人曾樹銘本身就是一位研究中式帆船的專家，他強調，「自由中國號」當年完全靠風帆為動力，完成橫渡太平洋的壯舉，老一輩的國人還能說上幾句，但時下的年輕人，對此必然一頭霧水，很難了解為何有人會如此瘋狂，甘冒九死一生的危險，去追逐人生的夢想，而這艘船若能完整運回國內，做教育展示之用，一定可以加深民眾對台灣海洋文化的認識。

在聽完曾樹銘的一番說明後，我深刻體認到此事確有其急迫性，身為文化資產保存機關的負責人，豈容坐視？當天我們就發了急電給駐舊金山辦事處，請其就近查告「自由中國號」的現況，以及船東的真正意向。同時，鑒於此事涉及高度的專業性與複雜性，必須借重相關學者專家集思廣益，共商處理之道，於是我決定立即籌組諮詢顧問小組，負責研究如何把一艘老帆船運回來的技術，以及將來如何予以安置與典藏的問題。

這個顧問小組的成員，全是學有專精之士，而且都很有使命感，大家一致認為，不把這條古帆船運回台灣，將是此間海洋文化資產的一大損失。眾人雖有這樣的共識與方向，惟彼時無人料到，此事竟是如此困難重重，幾乎成為現代版之「不可能的任務」。

我們所碰到的第一個難題，是打探不到任何一家貨運公司有意承攬，同仁接洽得很辛苦，卻處處碰壁，事實上，有幾家公司也非一口回絕，而是在其駐美業務人員實地踏勘後，發現該船千瘡百孔，船體已脆弱不堪，根本經不起拖吊以及長途海陸運輸，所以，即使有利可圖，亦不敢貿然承接。

同仁費盡心力，終於找到一家公司提出報價，再加上保險、簡易修復、拍攝紀錄影片、出版專書等支出，我們最初提報了台幣一千八百多萬元的預算，不過，令人失望的是，上級與相關部會均表樂觀其成，卻無預算可予支持，只希望我們能自行籌措。為此，我快發愁到夜夜無法安枕的地步。說實在話，我們自行的業務經費亦非特別寬裕，要勻支如此龐大數額，有如天方夜譚。還好我有一個精英組成的顧問小組，我把所有遇到的難題都搬到會中討論，在三年多的時間中，一共召開了三十餘次諮詢會議，我本身無役不與，每次都一定親自主持，使此一政府與民間攜手合作的非正式團隊，發揮了最大的功能，幾乎所有的問題都得以迎刃而解。

重要的成果包括：為「自由中國號」找到永久的家，也就是把它交給位於基隆港的海洋科技博物館典藏；為使該船在運輸途中不致受損，決定在啟運前，先在美就地做簡易的修護及加固，並為其裝置搖籃般的護具；除一再精算運費外，並洽獲陽明海運公司免除貨櫃船的運輸費用，使此事所需預算得以大幅降低。

尤值一提的是，我曾數度向上級機關呈報運輸計畫，每一次得到的批示，都是要求我們就一些細節再詳做評估，此一膠著不前的情況，令我備感挫折與無奈，因而不禁胡思亂想到，會不會是因為「自由中國號」這個船名，在目前台灣的政治氣候下，有其不可明說的敏感度呢？

於是，我就在諮詢會議中，把自己心中的想法與顧慮和盤托出，甚至提到是否應把船名改成「基隆號」或「台灣號」。對此，眾人發言盈庭，討論熱烈，總歸一句，大家認為，縱有再多顧慮，也絕不該從政治的角度去考量，而我們必須勇於面對歷史、還原歷史，以及接受歷史。他們就事論事的坦率發言，充分顯示身為學者專家的風骨，也等於讓我吃了一顆定心丸。

「自由中國號」是在一九五五年的四月四日，從基隆港出發，幾經波折與延宕，同年八月八日抵達了目的地舊金山，而它再回到自己最初的出發地基隆港，已是二〇一二年的五月十七日。它有若一名浪跡天涯的遊子，終於踏上歸鄉之路，只是當年猶是壯年之身的它，現已成為舉步維艱的百歲老人。

從筆者的角度而言，能迎回「自由中國號」，應該感謝的人真是太多了，但我內心中一直深深感念兩個人，一是海洋大學的羅綸新院長，另一是海科館籌備處的柯永澤主任。前者受我們委託，負責該船海陸運輸的招標工作，因數度流標，以及後來得標廠商遲遲不肯履約，讓他日夜焦慮、煎熬，竟然長期失眠，好幾次在凌晨還用手機發簡訊給我，盼能助其一臂之力。至於後者柯主任，彼時正全力處理海科館的開館工作，深知上級機關擺明不希望他介入此事，甚至有主管官員在會議中直言，即使我們勉強將船隻捐給該館，將來在編列典藏、修復經費方面，亦不無困難。在此種情形下，他竟違背了世俗的「為官之道」，義無反顧的接納了「自由中國號」，使這艘極具歷史、文化意義的古帆船，獲得再理想不過的安頓。

兩年多前，我們借用行政院的新聞中心，正式對外發表了一部長約五十七分鐘的紀錄片《魔船奇航：自由中國號的故事》。應邀出席此次放映會的來賓，除了新聞記者、學者專家之外，還有不少是長期關心此事的各界友人。當影片映畢，燈光亮起，耳邊立時傳來如雷掌聲，不少人更是熱淚盈眶，頻頻拭淚。

一部劇情片能拍得感人肺腑，叫好又叫座，可說是比比皆是，不勝枚舉，然而，一部公家籌拍、小成本、小製作的紀錄片，也能如此賺人眼淚，那就有點不可思議了。「自由中國號」的故事，可說是台灣近代史上不可抹滅的一頁，它所揭示冒險犯難、勇於接受挑戰、勇於追逐夢想的精神，是咱們海洋文化的根，值得世世代代永遠傳承下去。

對我個人來說，至今，我一直感到上天對我真是無比厚待，讓我在退休「告老還鄉」之前，仍能有機會與許多志同道合的朋友攜手共竟事功，一起完成了一件極具意義，卻又是「看似平常最奇絕，成如容易卻艱難」的工作。

而搶救「自由中國號」的過程，也才使我真正體會到，美國總統杜魯門（Harry S. Truman）所說的：「如果你不在乎功勞給誰，你所能成就的事，將令人嘖嘖稱奇」，確實是人情練達、觀照深刻的至理名言！

你若想讓別人活得快樂，就須行善助人；

你若想讓自己活得快樂，也須行善助人。

——西藏精神領袖　達賴喇嘛

If you want others to be happy, practice compassion.

If you want to be happy, practice compassion.

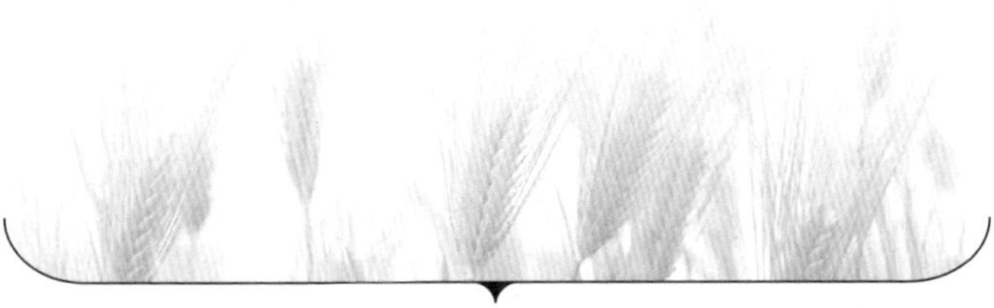

行善加減做

日前，國內一位工商界鉅子在自家公司舉辦的新春茶會中公開宣布，願於身後將財產悉數捐做公益，不留給自己的兒女。他強調，錢財是流轉利世之物，應儘量用來服務社會。

他的一席話，足令舉座動容，各家媒體無不競相報導，大加推崇他的義舉，而且，對他鼓勵人們必須發揮人溺己溺的愛心、「行善要加減做」的一番話，更是多所著墨，使人益加佩服其氣魄與遠見。

這位工商大老的做法，正是時下人們口中每每提到的「裸捐」（all-out donation）。所謂裸捐，顧名思義，即是指個人分文不留，全部捐出之意。國外最膾炙人口的例證，就是「股神」巴菲特，以及微軟創辦人比爾蓋茲，彼二人早已昭告天下，願開風氣之先，為盡其社會責任而散盡家財。

如今，台灣企業家不甘落人於後，亦登高一呼，慨然比照辦理，誠可謂難能可貴。不過，就你我凡夫俗子而言，對此就算心嚮往之，而一生打拼，能安身立命、養家活口，進而躋身於中產階級之林，已屬大大不易，實在談不上如何勇於響應裸捐之號召。

話雖如此，咱們本土企業鉅子在茶會中所提倡的「行善要加減做」，不僅深得我心，想來亦是人人可以奉行無違之事。這句話中的「加減做」，是台灣地區民眾的日常用語，對那些不諳台語的人而言，或許不能完全心領神會，只能大致猜想到它是提醒人們做人不能太自私自利，只想到自己，而應抱持為善最樂的態度，在可能範圍內多行好事。

說得具體一點，所謂「行善要加減做」，當然不是指做好事隨便做，敷衍一下就可交代，抑或是想做就做，不做也無妨。而是指行善助人，應是人們活在世間一種無形的社會職責，一門人生必修的功課，也就是說，不管本身有錢沒錢，不論自己生活過得順心與否，好事多少要做一點，因為唯有如此，一個人才有可能活得快樂，活得有意義！

此種助人為快樂之本的理念，是每個人從小就耳熟能詳的做人基本道理，但卻未見得人人都能真正落實於自己的生活。備受世人敬重的宗教領袖達賴喇嘛，深切了悟世俗說多做少、善財難捨的病根，因而對其信眾開示道：「你若想讓別人活得快樂，就須行善助人；你若想讓自己活得快樂，也須行善助人。」

說來，行善加減做的道理，並不難懂，但躬行實踐起來，還是有些要領可以依循。佛門大德、法鼓山創辦人聖嚴法師曾歸納行善的三大原則為「貴在誠心誠意、貴在量力而為、貴在隨緣布施」，雖是平易近人的話語，咀嚼起來，亦讓人覺得雋永有味，含意深刻。

就以行善貴在誠心誠意來說吧，《聖經‧馬可福音》上有一則記載耶穌在世最後一段時日中發生的故事，恰可作其注腳。話說彼時已靠近猶太人的大日子逾越節，耶穌坐在聖殿的銀庫前，觀看人們把錢投到奉獻箱的情形，眼見不少有錢人慷慨解囊，又見一位窮寡婦也前來投下微不足道的兩枚小錢。

於是，耶穌就把門徒叫了過來，教導說：「我實在告訴你們，這個窮寡婦所投進奉獻箱的比其他的人都多。別人是從他們的財富中捐出有餘的，可是她已經很窮，卻把自己全部的生活費用都獻上了。」

由這段經文可知，你我行善助人，初心只是慈悲喜捨，造福他人，因而個人的心意最是要緊，不要說自己萬萬不能有要對方感恩圖報的奢望，更不應藉以沽名釣譽，甚至也不該有向上天邀功求賞的念頭。

行善要加減做，並不在強調好心必有好報，而是正如世界名著《唐吉訶德》的作者賽凡提斯（Miguel de Cervantes）所言：「善行使我們的人格向上提昇，因為我們就是自己行為的兒女。」

換句話說，唯有行善加減做，人生的價值與意義才能進一步彰顯，而個人生命的幽光不管是何等微弱，也才能為此一冷漠、現實的社會增添幾許溫暖！

行善助人，是人們活在世間一種無形的社會職責，一門人生必修的功課。（陳輝明／攝）

上天賜給了我們生命這份大禮，

至於我們能否給自己一份樂活人生的禮物，

則取決於自身。

——法國啟蒙時代思想家　伏爾泰

God gave us the gift of life; it is up to us to give ourselves the gift of living well.

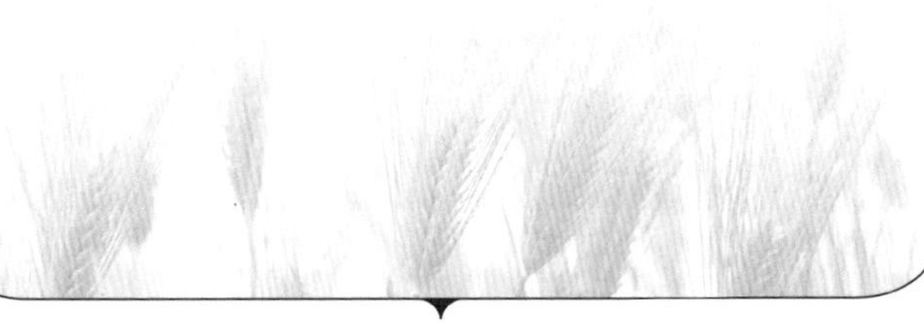

你我生命的缺口

前不久一連參加了好幾次親友與同學的生日聚會，溫馨而熱絡的場面，總教人很感盡興。一般而言，此種場合的最後一個節目，就是在眾人歡唱生日快樂的歌聲中，由壽星閉眼默默許願，隨即一口氣吹熄蛋糕上的蠟燭。

此一中西一轍、相沿成風的「生日儀式」，確切的起源已很難查考，但有一說法是這樣：古希臘人習於許願時把蠟燭插在蛋糕之上，因為他們相信，隨著裊裊上升的燭煙，個人所許的願望才能夠直達天庭。此外，人們也相信，許願時不能出聲，而且吹蠟燭也必須一舉吹熄，否則，自己的心願就不會獲得諸神的垂顧與成全，而如願以償。

照理說，身為祝壽的賓客，旁觀壽星吹燭許願，同沾喜氣，不應胡思亂想，然而，也不知自己的腦筋為何會搭錯線，有一次，我突然聯想起年輕時所讀亞歷山大大帝臨終前所說的最後願望。

亞歷山大是西元前四世紀統一希臘、征服波斯、建立橫跨歐亞非三洲帝國霸業的蓋世英雄，人們單從他的名言「把世界當作自己的家鄉」一語，即可知他的壯志何其遠大！可惜的是，只不過是三十三歲的英年，就在東征途中染病辭世，臨終前，他對環侍在側者交代，他的遺願有三，務必忠實執行。

他的部屬自然誓言照辦，於是，就聽他緩緩道出其願望：第一，命令所有的御醫負責抬棺；第二，在通往墓園的路上，鋪滿金銀財寶；第三，讓他的雙手懸垂於棺木之外。

眾將聽後個個面面相覷，不解其意，有人鼓足勇氣，請他釋疑，就聽到奄奄一息的亞歷山大，以微弱的聲音緩緩說道：我命醫師抬棺，是要世人明白，再好的醫生也有束手無策之時，人們不能視生命為理所當然之事。

緊接著，他解釋第二個願望說：我窮一生之力，蒐羅到無數金銀財寶，去世時，卻只能把所有的財富拱手讓人，帶不走一絲半毫，人們看到棺木所經之地，盡是珍貴之物，必可了悟，人生若只知追求財富，到頭來必是為人作嫁，白忙一場。至於第三個願望，只是希望人們讀其手勢而醒覺，我們空手來到世界，亦將兩手空空離去。

前述亞歷山大大帝的故事，諒無史實根據，卻深具警世意味，也讓人不禁想到，一般人是否一定要等到自己趨近生命的盡頭，才可能有所徹悟？其實，探討此一議題的中外書籍，不在少數，而澳洲有一位名叫魏爾（Bronnie Ware）的中年女作家，在二〇一一年所寫的《臨終者的五大憾事》（*The Top Five Regrets of the Dying*），出版後立獲重視，一直暢銷至今，並有多國譯本。

魏爾的人生閱歷豐富，在未成名之前，數度轉業，且曾在醫院安寧病房長期擔任照顧與陪伴工作，而她是一位有心人，不僅認真觀察臨終病患的反應，且將其心得與感想記錄下來，整理後集結成書。

魏爾與病人互動親切，常有機會聆聽臨終者反省自己一生、抒吐其內心世界的真摯語言。經她統計與歸納，人們所感遺憾的事，不一而足，但排名最前者有以下五項：

第一，他們希望以往有十足的勇氣，過自己真正想過的生活，而不是過別人期待他們去過的生活。

第二，他們希望以往自己心中不是只有工作，而忽視了兒女在成長期間所需要的關愛，也犧牲了跟家人相處與陪伴的時間。

第三，他們希望以往有勇氣表達自己真實的感受，而非事事委曲求全，一再壓抑個人的想法與感覺。

第四，他們希望以往能夠一直與好友時相往還，而非終日為生活忙進忙出，忽略了培養不易、彌足珍貴的友情。

第五，他們希望以往能讓自己活得更為快樂，而非習於固定的生活模式，怯於做任何改變與調整，如此，也等於是讓自己平白放棄了追逐夢想、追尋快樂的權利。

事實上，前述五項引以為憾的人生缺口，幾乎是現今成人社會極為普遍的眾生相，或許，人們也並非完全無感，只是一直被自身所搭建的牢籠困住，無法掙脫，亦難自拔，直至有朝一日，抵達生命的終點，此時再想改弦更張，已然時不我予，悔之晚矣！

認真說來，魏爾女士所提臨終者的五大憾事，正可與前述有關亞歷山大遺願的寓言故事，有所呼應，兩者皆點出，人生的何去何從，固難一言道盡，但絕不在於汲汲營營追求屬於身外之物的功名利祿，而在於我們必須擁有一種可讓自己無憾此生的價值觀與生命態度！

對此，法國啟蒙時代的大思想家伏爾泰（Voltaire）曾如此說：「上天賜給了我們生命這份大禮，至於我們能否給自己一份樂活人生的禮物，則取決於自身。」有感於此，在你我歡慶生日而許願時，是否應在祈求上天給予種種恩待外，也祈求上天賜予勇氣與智慧，去檢視自己的生活，調整自己人生的方向，及時填補自己生命的缺口！

人生不是要等待暴風雨遠離，

而是要學習在雨中漫舞。

——英國女作家 葛琳

Life isn't about waiting for the storm to pass, it's about learning to dance in the rain.

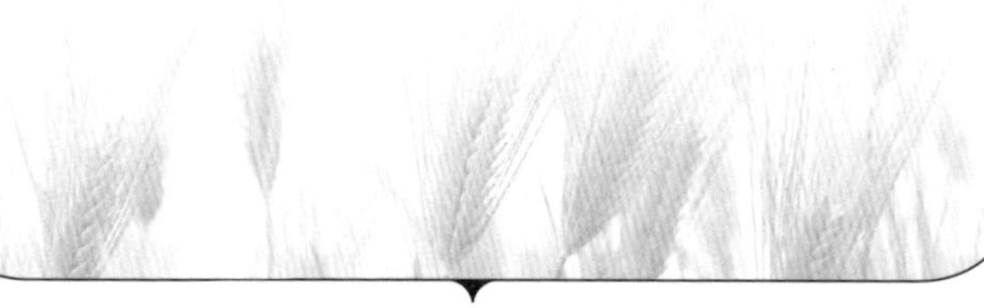

我也在尋找「平安」

老友從日本旅遊歸來，約我餐敘，談及其參加旅行團暢遊京都、奈良名勝的所見所聞，分手時還鄭重其事的從提袋中取出一枚精美絕倫的寺廟「御守」，一再叮囑絕不可等閒視之，最好能把它長期吊掛在車內，以保開車出入的平安。

他強調，倒不是說遠來的和尚會唸經，而是他所參觀的這間古寺，名聞遐邇，香火鼎盛，儘管寺內安靜肅穆，賣店卻熱烈滾滾，人潮洶湧，他還是排了好半天隊，才搶購到二三十枚各式各樣的御守，不敢保證是否一定靈驗，但它們可是百分之百的象徵著好意頭！

人盡皆知，東瀛所謂的御守，就是咱們台灣所稱的平安符、護身符，惟兩地相較起來，似乎日人對其更是著迷，在文創浪潮的吹襲下，彼邦成功的把一種屬於傳統民俗信仰之物，推展得風風火火，讓御守的功能擴至招財、求官、求福、求考運、保平安、保健康、保運勢、保愛情等等，不一而足，總之，其種類之繁多、設計之新穎，真格是五花八門，爭奇鬥豔，令人目不暇給，愛不釋手。

至於朋友之所以會送我一枚保平安的御守，想來是早已看出過去這些年來接二連三的變故與橫逆，使我生活過得高高低低，很不平靜，很不痛快，因而，送我一個算是舶來品的吉祥物，希望我能趨吉避凶，常保平順。

對於老友的這番善意，我只能再三稱謝，並未細問其請符的過程。其實，依照台灣民間的習俗，民眾求平安符，也是有一定的規矩，因而，不少寺廟為了方便十方信眾，更會張貼大字報，公告其流程。通常的做法，最起碼也要點香拜拜，再擲筊請示神明，俟請領到平安符後，還得繞行主爐過香火，這才可以把它安心帶走。

從一般民眾熱中此道，勤跑各寺廟求平安符的盛況即可推知，不管是對達官貴人也好，對平民百姓也好，人生縱有萬般需索，縱有無窮無盡的欲望，然而，認真說來，又有什麼大不了的福分能超過平安呢？

就以我住的地方來說，附近有好幾所小學與幼稚園，每天上下學時間，不知有多少父母、爺爺、奶奶擠在校門旁接送他們的心肝寶貝，令你不得不對「天下父母心」有所感嘆，他們如此勞神費事究竟所為何來？小孩被雨淋、被太陽曬，倒還是小事，就是生怕他們有個閃失，被車撞上，或是被騙、被拐、被人欺負，說穿了，所求的不就是一個平安嗎？

無怪乎家母在世時，成天念叨著的，就是叫我們要小心開車、小心過馬路、小心感冒、小心得罪人、小心闖禍等等，可見，我在她老人家的心目中，不管年齡再大，職位再高，永遠都是需要她時時提醒的兒女，這應不是她思想迂腐，而是她深通「平安即家福」的生活哲理！

說來平安一詞，照字面上的意思解，不脫平順、安全之意，看似稀鬆平常，但人生要想常保平安，又談何容易？生老病死的大劫，固無法擺脫，而「人有旦夕禍福」的意外，或其他種種苦難與折磨，何嘗能防得了、躲得過？

平安，對任何人而言，究竟有多重要？你要是讀到北宋文學家蘇東坡的名句：「人皆養子望聰明，我被聰明誤一生；唯願孩兒愚且魯，無災無難到公卿」，當可體會，以蘇氏的蓋世才華，一生仕途蹭蹬，屢遭貶謫，心中的憤懣不平，可想而知，難怪他會寫出這樣帶有反諷與哲理的詩句，而詩中所說的「無災無難」，不也就是平平安安的意思？

平安，究竟有多重要？依據《聖經・約翰福音》的記載，我們也可看出幾分端倪。耶穌在復活後，數度向門徒顯現，對他們所說的第一句話不是別的，就是：「願你們平安」，而祂在受難前的最後晚餐上，也曾對門徒說：「我留下平安給你們，我將我的平安賜給你們。我所賜的，不像世人所賜的。你們心裡不要憂愁，也不要膽怯。」

由此亦可見出，就基督徒而言，那昔在、今在、永在的神，是何等全知全能的洞燭人心，祂了解人們雖對其恩待有種種期盼，然而，他們最殷切希望獲得的，倒不是世俗日日汲汲營營所追求的那些物質上的享受，而是那千金難買、萬金不易的平安！

說實在的，這年頭只要是對人生的無常與無奈有幾分觀照的人，抑或只要是歷經人世苦難與折磨的人，有誰不想求得平安？而身為凡夫俗子的筆者，又何德何能，可以免此奢求！

多年來，不僅聆聽過不少大師的開示，也翻閱過不少靈修及哲學書籍，這才漸漸領悟到，真正的平安是不假外求的，換言之，人們固然無法阻隔生命中的一切不幸，但我們卻可學會在苦難與不幸來臨時，如何隨遇而安，如何放下我執，如何輕鬆面對與自處！

我特別喜歡當代英國女作家葛琳（Vivian Greene）所說的：「人生不是要等待暴風雨遠離，而是要學習在雨中漫舞。」

我深知，此生不可能一直高掛著「免事牌」，永遠平安無事，但我確知，我絕不可能在內心世界之外，另闢蹊徑，找尋到真正的平安！

人生的美酒，唯有與人分享，

才會甜美。

——波蘭詩人 米凱維契

The nectar of life is sweet only

when shared with others.

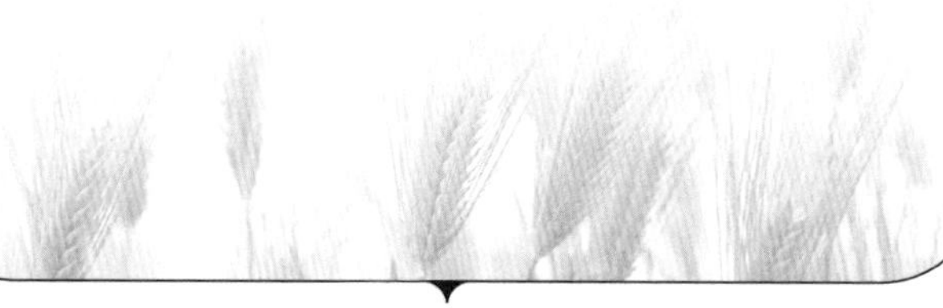

我聽《化為千風》

十多年前，因為工作壓力的關係，我曾得了輕微的焦慮症，醫生說不必吃藥，但建議我調整生活作息、放慢工作腳步、多做運動，另外安排我一連參加了好幾回的集體治療，讓我有機會傾聽他人的病情及人生遭遇，而且也在同病相憐的其他病友面前，一五一十地講出自己的情況。

集體治療，屬於心理治療的一種方式，一般人恐怕少有這方面的經驗，尤其是像筆者這樣比較內向的人，要在大庭廣眾前娓娓道來自己不輕易示人的一面，實在有些強人所難。不過，在主治醫師循循善誘、極具專業技巧的鼓勵下，每個病友都能放下身段與防衛面具，跟陌生人分享自己的病史，發抒個人內心的積鬱，而且也願豎耳恭聽，進入別人的內心世界。

我發現，不管過去自己對人生的觀照有多透徹，也不論以往對人際溝通有多深刻的認識，都無法代替集體治療所帶給你的那種心靈震撼，因為你會從這樣一種坦率的溝通過程中，對自我及他人有較深入的瞭解，接納自己的無心之失或力有未逮的表現，而且亦同情別人的苦衷與不幸。或許，這也會是你生平第一次，體認到分享與傾聽的重要。

說實在話，個人在職場中前後打拼二三十年，一向十分欣賞能夠有話直說的人，不論他是我的同事、部屬或長官。我認為，唯有彼此開誠布公、直言無隱地講出自己的想法，一個單位榮辱與共、上下一心的團隊意識才能真正建立，一種良善的公務文化才有可能蔚成風氣，而表現在工作上，也才可能有眾志成城的績效可言。

所謂有話直說，講簡單點，就是一種分享，波蘭十九世紀最偉大的詩人米凱維契（Adam Mickiewicz）的話，最深得我心，他說：「人生的美酒，唯有與人分享，才顯得甜美。」其實，世事不如意者往往十之八九，許多人的人生都可以形容成苦酒滿杯，然而，只要有機會抒吐出來，只要有人可與分享，任何生命的十字架都會讓人舉重若輕，不再無法承受。

年前，受盡病魔折磨的老母親，不幸過世，個人內心的痛苦，無以言喻。有一晚，好友繼光兄來看我，他深知我跟母親關係親厚，驟遭變故，一定難以面對，可是，他並沒講什麼特殊安慰人的話，只打開我桌上的電腦說：「我知道這些日子你心中不好受，不過，這首日文歌你可要聽聽，我想你一定喜歡！」

說完，他就在網路上下載了日本聲樂家秋川雅史所唱的《化為千風》，並為我找到中日文對照的歌詞，以便我掌握此歌感人肺腑、直訴胸臆的內容。果不出其所料，一曲未了，我的眼眶已然潮潤，滿心無以排解的酸楚，隨著秋川渾厚低沉的歌聲，已轉化成一種悠悠的思念，特別是聽到演唱者唱出「化為千風，我已化身為千縷微風，吹拂在無邊無際的天空」，想到母親的生命雖已走到盡頭，其形體卻已化成無所不在的輕風，日夜永不止歇地守護著她所摯愛的家人，心中頓時有一種如釋重負之感，自己像是從一場夢魘中猛然醒覺，又像是一個迷路多時的旅人，終於走出幽暗的森林。

繼光兄是研究英文的專家，他說《化為千風》原為英詩，出自一九三〇年代一位美國家庭主婦的手筆。二〇〇一年，在追悼九一一犧牲者的儀式中，一名十一歲的小女孩當眾朗誦此詩，以紀念其父，經由新聞媒體的廣為傳播，這首悼念過世親人的詩作更是傳誦一時。秋川雅史所唱者，則是小說家新井滿的譯作，其譯文堪稱流暢優美，足見曾獲象徵日本當代文學最高榮譽「芥川賞」的新井，確實是東瀛文學界的奇葩。

一首擁有各國譯本的歌曲，為生者與死者搭建了一座無形的橋樑，讓生死不再幽明兩隔，而同樣重要的是，它讓每一位聽到此歌的人，分享了世人生離死別共有的不捨之情。

佛家說，一根燭可以點燃千根燭，而它自己的生命並不因之減損。人生的歡樂何嘗不是如此，也就是說，它不會因與人分享，而減損其樂。但是，人生的悲苦卻正好相反，它會因別人感同身受的共鳴，而得以緩解。

這是筆者過去參與集體治療的心得，也是母親大去之後，聽到日文歌《化為千風》時的真實感受。

人生的歡樂不會因與人分享，而減損其樂；人生的悲苦則會因別人感同身受的共鳴，而得以緩解。（陳輝明／攝）

小鳥之所以會飛而我們卻不會，

只因牠們有十足的信心，

而有信心，就是有翅膀。

——英國劇作家 巴利

The reason birds can fly and we can't is

simply because they have perfect faith,

for to have faith is to have wings.

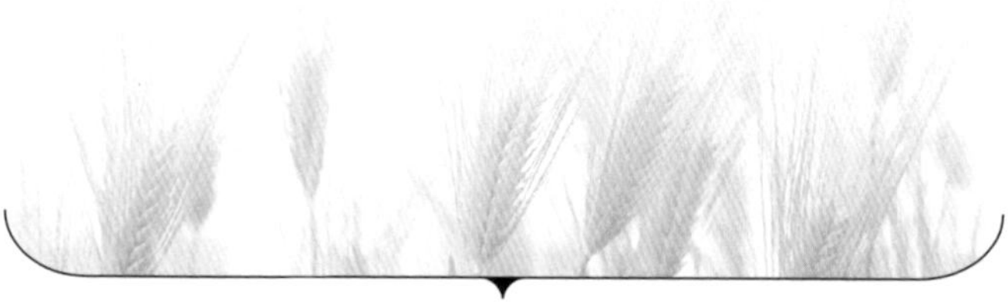

來去西奈山

年前，我在常去的教會中結識了一票新朋友，他們這夥人特別熱愛爬山，每逢星期假日都要相約走山健身兼尋幽訪勝，即使天候狀況欠佳，甚至是輕寒入戶、細雨撲面之時，亦不輕易喊卡。

我對喜歡親近大自然、樂於跟山林對話的人，一向心存敬意，這倒不是受了古人所說「仁者樂山，智者樂水」的影響，而是認為喜好爬山的人，體力、毅力、耐力，都須高人一等，否則很難持之以恆，樂此不疲。

話如此說，也就等於表明自身並非山友，對翻山越嶺，或登高望遠一類的事，一向興趣缺缺，可是，人生往往有許多特殊的旅程，讓你不由自主的走出既定的軌道，因而獲得了意想不到的生命經驗與收穫。日前遠赴耶路撒冷等地朝聖，並有機會登上埃及的西奈山，就是其中一例！

對大部分國人而言，西奈山算不得是什麼赫赫有名的山嶽，海拔高度只有二二八五公尺而已，既比不上台灣第一高山、主峰海拔三九五二公尺的玉山，也難與有「五嶽歸來不看山，黃山歸來不看嶽」之稱的大陸諸山，相提並論。但對世界各國無數基督徒來說，它可是一座仰之彌高的聖山，一生中若有幸親自登臨，緬懷以色列先知摩西蒙召、領受神賜「十誡」的事蹟，那可是無上榮耀之舉！

確實，我們參加聖地之旅的這一行人，除了在下之外，個個都是極為虔誠的教友。眾人前一天傍晚就從以色列的南部邊境進入埃及，下榻五星級旅館，為翌日的攻頂行動，養足精神與體力。

我們照表操課，大夥兒是在第二天下午一點抵達西奈山的山腳。領隊前已再三說明，上山的方式可採全程徒步，或先乘駱駝到半途，再步行攻頂，回程相反，即先徒步後乘騎。然而，不管採取哪一種方式，單程都需要三小時左右。又為慮及天色及安全，相約一到下午四點，姑不論人在何處，以及是否已成功攻頂，都必須立即折返下山！

內人腳踝受傷，而我對自身的體能也有自知之明，兩人早已決定每人多付二十五塊美金，報名參加「駝隊」，如此，至少有一半的登山路程可以有坐騎代步。本以為騎駱駝登山，是一件極為愜意之事，可以居高臨下，游目騁懷，以非常輕鬆的心情細觀山景，沒想到事與願違，體力雖然省了不少，卻著實受了一些洋罪，不過，也終於體會到駱駝此種動物載人負重的辛苦，以及靠其維生的駝伕在荒漠中討生活之不易。

據說，西奈山下的駝伕，全都是屬於阿拉伯民族一支的貝都因人（Bedouin）。他們是沙漠之子，慣跟烈日、風沙共處，個個身材瘦削，皮膚黝黑，五官輪廓較深，世世代代都在沙漠或曠野裡過著游牧生活。可想而知，能在此種惡劣自然環境下生存的人，個性不免強悍狡黠，與其打交道，吃過小虧的外國旅客不在少數，我們的領隊在途中也對大夥兒一再告誡，就怕發生任何不愉快之事。

對生平第一次騎駱駝的我而言，所擔心的，並不是駝伕的難纏，而是面對高達二公尺多的龐然座騎，不知如何駕馭，如何坐穩，自己會不會失神摔下，而萬一演出了一個倒栽蔥，丟人現眼事小，皮肉之痛也無妨，就怕跌傷了手腳，自身受苦不說，還可能會拖累了全團！

其實，這些顧慮看在駝伕眼中，皆屬多餘，因為，他們可不是放單讓你獨行，而是牽著駱駝陪你走山。以駱駝高度來講，無人有美國西部牛仔騎馬那種身手，可以一躍而上，亦即人們上下駱駝，都必須讓其先跪下才行。即使如此，我們這些「門外漢」上下座騎之間，心中還是有點膽怯，必須由駝伕攙扶一把才行。

騎上駱駝之後，這才發現上山之路何等崎嶇不平，道路當初雖是由人工開闢，但幾乎全都是用碎石及各種形狀的大小石塊與沙土勉強鋪成，於是，任憑座騎跟隨駝伕如何盡量選走最好行走的路面，仍然讓人感到三步一小顛，五步一大震，在上山仰行時，你的身體自然猛往後靠，如此，駝鞍後面高起的把手，就會不斷磨擦身體的尾椎，令你叫苦連天。我多次實在難以忍受，就用英語懇求駝伕體諒一二，把腳程放慢下來！

走駝道一個半小時後，終於到了中繼站，我跟內人開始步行攻頂，她的腳踝不慎扭傷後，接連冰敷數日，又貼了好幾回跌打損傷藥膏，好不容易才消腫止痛，拾級爬坡很感吃力，但她不肯半途而廢，乃咬緊牙關，拄著拐杖，在我半攙扶下走走停停，最後抵達山頂時，恰好下午四點，那時，全團在牧師的帶領下，正在做下山前的禱告，等到他們睜開眼睛，突然看見我跟內人出現在大家面前，不禁高興的歡呼鼓掌起來，因為他們早認定我倆落後太遠，必已放棄攻頂！

迅速照了幾張相留念後，我跟內人又跟著眾人拔腳下山，因為深知古人明訓「上山容易下山難」的道理，更是步步為營，不敢稍有大意，總算在多位好心同伴刻意放慢腳步護送下，平安抵達駝站，遂又騎上同匹駱駝順原路折返。

前面說到，上山時駱駝是仰行，那麼這時下山當然是由高往低俯行，在跨越較高的石塊時，騎者要想不被往下、往前的衝力甩出去，必須緊握駝鞍前面的把手，而最讓人受不了的是胯部不斷被撞擊，對男士尤為不利，同伴有人甚至因此痛得哀哀直叫。這會兒，我才恍然大悟為何在行程的說明書中會明白提到，下山時並不建議騎駱駝的道理！

事實上，就因為下山之道難行，駝伕始終牽著駝繩走在駱駝的前方引路，而且還不時發聲提醒駱駝注意腳步。這時，你才會發現駱駝有多麼聰明，牠竟完全懂得亦步亦趨的跟隨主人的步伐，左轉右拐，及時避開太陡的石塊或太難行的路面，顯然牠對主人的判斷極具信心，彼此已建立很深的默契。

駝伕跟我說，他今年二十歲，這隻駱駝七歲，是他少年時的玩伴，現在則是他工作的夥伴。一路上，駝伕手中儘管握著皮條做的駝鞭，用來催駝，但始終未見其出手過半次，也未見其大聲對牠喝叱，與其說他馭駝有道，毋寧說人畜之間亦存有外人不知的真情！

總之，此次上西奈山，想像中，好像是踏著摩西三千多年前留下的腳印前行，個人身體上雖然吃了那麼一點苦頭，但心靈上的收穫卻難以名狀。須知，摩西當年上西奈山時已年高八十，而那時並無任何現成的登山之徑可走，亦無貝都因人的駱駝可以助行，攻頂的困難度必千百倍於現今，而他卻能破除萬難上山面神。不說別的，單是想到這一點，就令人感到望塵莫及了！

想來，摩西的勇登西奈山，是因為他心中懷抱著堅定不移的信仰，以及百折不回的信心，而人生做任何事只要擁有信心，何愁不會水到渠成？寫過世界暢銷名著《小飛俠彼得潘》的英國劇作家巴利就曾說：「小鳥之所以會飛而我們卻不會，只因牠們有十足的信心，而有信心，就是有翅膀。」

來去埃及的西奈山，印證了《舊約聖經》中對摩西的記載，對我而言，或許也是在回應冥冥之中的某種呼召，此外，亦讓我對「信心」一詞的意義，獲得了更深刻的體認！

西奈山是《聖經》中先知摩西領受十誡之處，朝山客以駱駝代步，可略省爬山之苦。（王壽來／攝）

我遇見過不少假扮成普通人、

過著普通人生活的天使。

——美國歌手 崔西查普曼

I've seen and met angels wearing

the disguise of ordinary people

living ordinary lives.

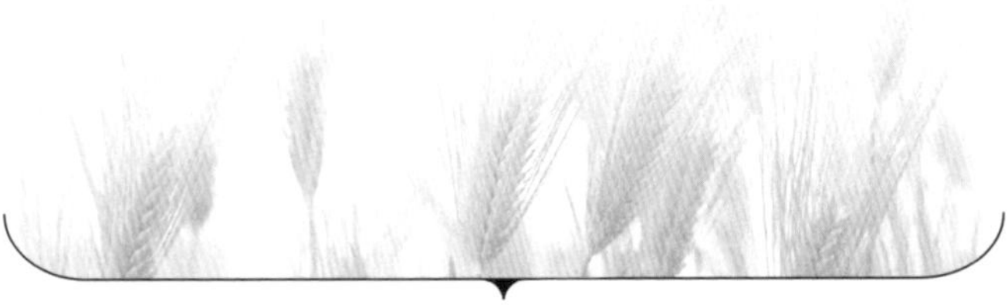

易容過的天使

月前某日清晨我跟同屬上班族的一位鄰居，一起搭木柵貓空山區的中型巴士赴動物園捷運站。也不過是七點半左右的光景，已瞧見車子經過的每一路口都站有員警執行交通管制。鄰居的敏感度一向很高，馬上意識到八成是有閣揆級以上的高官駕臨附近。對落腳在郊區的人們而言，這的確是一件並不太尋常的事，只是我跟鄰居都忙著趕車上班，此一話題既無從深究，也就沒有多談下去。

對可能同是凡夫俗子的你我而言，每天出門不管是向前走、向左走、向右走，或搭車、開車、走路，未見得常有機會與公眾人物、達官貴人邂逅，但是，管保我們一定能遇到一些值得尊敬、值得讚嘆的平凡人士或升斗小民。古人說：「十步之內，必有芳草」，又說：「十步之澤，必有香草；十室之邑，必有忠士」，這兒所謂的「芳草」、

「香草」，應都是指人才而言，惟若在一個社會中，連所謂人才都處處可見，那麼，一般人心目中的好人又何嘗不會處處可遇？

前不久，報紙刊出了一則有斗大標題的社會新聞，讀之令人動容，也很能彰顯一種顯而易見的道理，那就是：人生不必有出人頭地的事業，不必立德立功立言，不必聞達於世，一樣能俯仰無愧，活得心安理得，贏得別人由衷的敬重。

說來，此則報導看似一則拾金不昧的平凡故事，但是，媒體竟以顯著的標題與篇幅予以呈現，讓人不禁思及編輯面對此一司空見慣、天天發生在社會每一角落的事件，何以需要如此另眼看待？

新聞的主角是一個家住桃園縣平鎮市的窮苦男子，平日靠拾荒維生，每天的收入只有區區台幣二百元。有一天他在路上撿到一個裝有十五萬現金和十五萬彩券的皮包，儘管自身家徒四壁，卻毫不動心，想到失主此時一定心急如焚，他就立即將皮包送交當地派出所招領。

失主是一家彩券投注站負責人，發現自己的財物遺失後，自然也馬上跑到警局報案，在接到有人已將皮包送到派出所的通知，又趕去認領。當他獲知對方生活如此困苦，卻能不貪非分之財，就感動得紅了眼眶，連說：「世界上怎麼會有這麼好心腸的人？」隨即硬塞了六千元紅包致謝。拾荒男子對聞訊趕來採訪的記者們苦求，他只是做分內之事，千萬不能把他寫得太好，否則他就不敢再上街去討生活了！

無獨有偶，日昨此間數家大報又不約而同地刊出馬總統親臨宜蘭某位拾荒阿嬤的蝸居，奉上一個大紅包，以獎勵她撿拾到現金一百一十萬，卻能無視自家的一貧如洗，不圖不義之財，以將心比心的處世態度，體會失主氣急敗壞的心情，急急把鉅款送到派出所招領。

據報導，這位拾荒阿嬤連小學都未畢業，當被問到為何能不為意外之財所動，做出如此難能可貴的決定時，她靦腆地回說：「錢還人家是天經地義的事！」話講得雖然容易，但對許多人而言，在面臨同一情況時，內心中不免就會有一種難以割捨的掙扎，很可能最後禁不起誘惑，就把道德、法律全然置之腦後，乾脆將撿到的東西視為天上掉下來的禮物，而理所當然地據為己有。

這兩位拾金不昧的男女主角，都可算是社會底層的小人物，他們並沒受過什麼良好的正規教育，也未能身懷謀生的一技之長，因而生活一直過得很苦、很累，但他們卻擁有一副好心腸，在有機會發一筆外財時，發揮了高度的同理心與同情心，物歸原主，這樣的高尚情操如何能不教人為之感動不已？

記得，去歲夏天我有大陸廣西之行，回程在當地機場候機室裡，讀到《桂林日報》一篇報導，大意是說，有三五好友結伴到桂林一遊，盡興而返時，其中一人在機場才發現自己的錢包與證件全都遺留在計程車上。眼看登機時間已到，正著急得不知如何是好，那位好心的司機已折返回來，經過一番「眾裡尋他千百度」的折騰，終於找到了物主，於是，乘客與司機一票人當場激動到抱在一塊兒，哭成一團。

同樣是社會中的小人物，因為擁有善良正直的情操，得以扮演守護天使的角色，溫暖了日益疏離與冷漠的社會，無怪乎擅長運用歌聲展現靈魂質量、先後得過四次葛萊美獎的美國重量級女歌手崔西查普曼（Tracy Chapman）要說：「我遇見過不少假扮成普通人、過著普通人生活的天使。」

崔西這句話似在提醒人們，只要我們稍具慧根，不難發現，在我們周遭就有不少易容過的天使；或許，崔西也在提醒人們，只要我們願意，我們自己本身就可以做一名走過人間的天使！

人生在世，活得俯仰無愧，心安理得，自然能贏得別人由衷的敬重。（王壽來／攝）

我極易落淚，可以是為了一部電影、

一通電話、一次日落——

淚水是尚待寫下的文字。

——巴西作家 柯爾賀

I cry very easily. It can be a movie,

a phone conversation, a sunset –

tears are words waiting to be written.

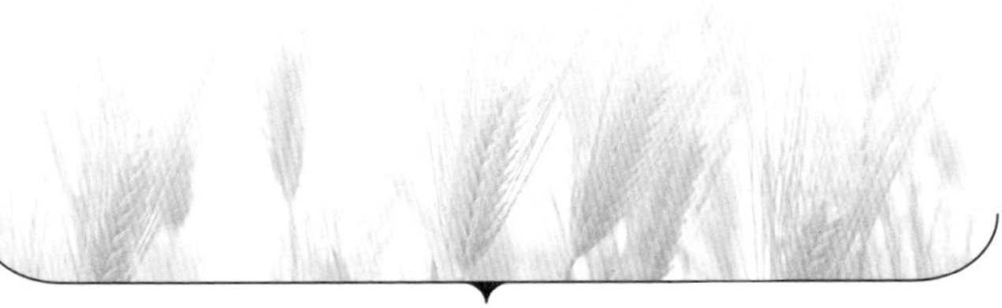

長河落日圓

寧夏在哪兒？對許多國人來說，寧夏這個中國地名，或許還算耳熟，但它究竟是怎樣一個地方，恐怕就說不太上來了。

月前盛夏之初，我在友人力邀下，參加一個文化訪問團，去了一趟素有「塞上江南」美稱的寧夏回族自治區。一位在地的女導遊正經八百的對我們說，當年她遠赴北京讀大學時，有同學問她，寧夏交通是不是很不方便，而且也很乾旱，很缺水。

她答道：「我每天上學，可不簡單，先是騎駱駝，再換乘駝鳥。至於用水，那更是不含糊，往往一盆水，女人洗完，小孩洗，然後是男人洗，再來是狗兒洗，最後還要用它來擦桌椅、澆花等等。」一番話把同學們唬得一愣一愣的，終於有人識破，就對她說：「妳再瞎掰下去啊！」

由導遊口中的這則趣事，亦可看出，彼時就連不少大陸民眾，對寧夏的情況也很隔閡，遑論咱們國人了。事實上，此次訪問團成員八十餘人中，識途老馬者，寥寥無幾，多數人還是生平頭一遭履足其地。

一行人在主辦單位悉心周到的安排下，浩浩蕩蕩的走南闖北，從六盤山到賀蘭山，從騰格里沙漠到滾滾黃河，都留有大夥兒匆匆來去的身影，雖說是走馬看花，雖說是浮光掠影般的遊覽，觸目所及的壯麗山河、塞北風光，至今仍在我腦海中盤旋迴蕩不已。甚至，剛剛回台那段時日，有幾晚中宵夢醒，恍神之際，還以為自己仍羈旅於那遙遠的塞外，這才體會出古人所謂「夢裡不知身是客」一語的深意。惟若問我究竟是哪些教人駐足流連的景物，如此深入我心，如此令我眷戀，我還真無法三言兩語予以道盡。

稍整思緒，首先閃過心際的，就是位於騰格里沙漠的南緣、黃河大拐彎處的「沙坡頭」。此處之所以能成為老少咸宜的旅遊首選，自有讓旅客樂在其中的條件。你可在天然的滑沙場，享受從高處俯衝下來的快感；你可騎駱駝穿越一望無際的沙漠，領略黃沙萬里走天涯的豪情壯志；你可乘羊皮筏子隨意漂浮於日夜奔馳的黃河，感受「小舟從此逝，江海寄餘生」的那種曠達。

當然，你也可什麼都不想，什麼都不做，只是放空自己，將心思全然定格在眼前的一景一物，體會一下古人所說的「偷得浮生半日閒」的那一種閒情。或許，你也可以效法一千二百多年前唐朝大詩人王維，默然佇立於沙坡頭的制高點，極目四望，欣賞紅日西沉、晚霞燭天的黃河奔流，以及遠眺另一方向山丘起伏、浩瀚無垠的沙漠奇觀。

也許有人會懷疑，王維真的到過沙坡頭嗎？此一說法究竟有無真憑實據，抑或不過是後人穿鑿附會的一種美談？至於景區內王維偉岸的塑像，以及其詩句的刻石，是否只是作為招徠遊客的亮點而已？

根據前人考證，唐玄宗開元二十五年（公元七三七年），王維奉命出塞宣慰戍邊將士，途經沙坡頭，登高遠眺黃河與大漠，心中感慨萬千，於是寫下「單車欲問邊，屬國過居延。征蓬出漢塞，歸雁入胡天。大漠孤煙直，長河落日圓。蕭關逢侯騎，都護在燕然」的五言律詩。

詩中「大漠孤煙直，長河落日圓」兩句，正是沙坡頭獨一無二自然地景的寫照，詩人身處其境，舉目眺望，頓生天地悠悠、山河無盡之感，對照之下，歲月不居，宦海浮沉，又是何其無奈與無助？詩人觸景傷情，滿腹塊壘，故能寫出如此寫實，又深具感染力的千古名篇。

其實，可以想像，就算你我並非舞文弄墨之輩，若能靜坐於沙坡頭一隅，居高臨下凝視黃河落日的美景，同樣會讓人思緒翻飛，悸動不已，而我個人就有過類似的心靈體驗。

二十多年前，筆者時任駐美新聞單位主管，某日黃昏時分，與友人在海邊小聚，遠望海平線處一輪火球載浮載沉，行將「滅頂」，而其餘暉燦爛四射，有若觀音伸展千臂。一時之間，諸多往事湧上心頭，我心頓如落日，悵然若失。過後不久，思及此情此景，寫下一首小詩〈觸礁的日頭〉，發表於《中央日報》副刊。

後來，女詩人張香華亦曾在其主持的廣播節目中，為聽眾介紹。詩文如下：

終將沉淪，
縱有萬般不捨，
這一把橫遭冰鎮的熱情，
那堪連番撲來的冷漠；

就像觸礁的日頭，
遠遠海天纏綿處，
悸動著它漲紅掙扎的臉盤，
雖已伸出千臂千手，
竟都擋不住註定的墮落。

說實在的，這一生在國內外各地觀賞夕陽西下的美景，無可勝數，然而，唯獨那一回感觸最深，當下聯想到的是：曾經誓言不變的感情，終究永難挽回，而人生諸多美好的過往，也都一去不返。

塞外之行，單是走一趟沙坡頭，已大大值回票價，我在那兒，讀到王維眼中的落日，也勾起多年前自身在舊金山灣區觀看日頭緩緩沉入大海的回憶，因而想到巴西作家柯爾賀（Paulo Coelho）所說的：「我極易落淚，可以是為了一部電影、一通電話、一次日落——淚水是尚待寫下的文字。」

落日，有如此神祕難測的力量，我再一次深深領會！

要成就偉業，不僅須付諸行動，

也須擁有夢想；

不僅要有計畫，也需懷抱信念。

——法國文學家 法朗士

To accomplish great things,

we must not only act, but also dream;

not only plan, but also believe.

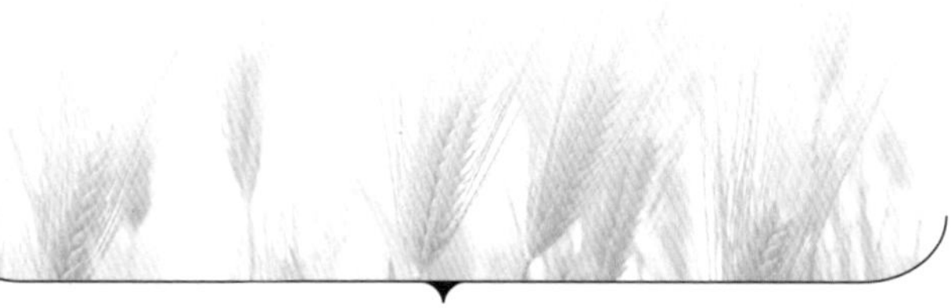

勇於追夢的人生

朋友半年前寄給我一本英文勵志書，說是可以把它當成「床邊故事」看待，要是晚上難以成眠，依枕讀上一兩頁，肯定有助入睡。

書名為《此生不留白》（*2DO Before I Die*），別緻的網路用語、大紅的封面設計，堪稱鮮明醒目，不落俗套，但是，既說有催眠作用，內容難保不平淡無奇，枯燥乏味，更何況顧名思義，就可猜想到此書八成是鼓勵人們在有生之年，一定要把握時光，勇於逐夢，實現理想，以免後悔莫及，徒喚負負。

說實在話，我原以為，這種難脫窠臼的老生常談，很難引人入勝，沒想到一旦開卷，書中一篇篇真人實事的故事，卻讓我讀得津津有味，大享一卷在握、愛不釋手的樂趣。算來，也只不過三五天的光景，一本約莫兩百頁的閒書，就已匆匆瀏覽一遍。

對大多數人而言，到了某種年紀，年輕時過目不忘的好記性，就可能一去不返，我當然也不例外，然而，此書所錄數十位作者現身說法、築夢踏實的親身經歷，始終如影隨形，不時浮現於腦海。

這些人的人生夢想，難易不一，有的看來輕而易舉，難度不高，所需要的，只是一點決心與堅持，例如：學游泳、學做菜、學打鼓、學跳舞、留鬍子、種幾棵樹、灌錄唱片、攀登高山、參加示威遊行、與街友共度聖誕。

可是，有的夢想就不是那麼十拿九穩、易如反掌了，往往需要過人的毅力與決斷力，才能實現，例如：裸奔、跳傘、開餐廳、同志出櫃、經營民宿、到極地看日出、旅居義大利一年、學開飛機。

上述林林總總、千奇百怪的念頭，或許也曾在你我心頭閃過，或許也正好是你我長久以來難以割捨的夢想，只因現實生活的種種羈絆，或周遭配合的條件尚欠成熟，我們始終未能以破釜沉舟的決心，採取具體行動，成就自己的想望，以致歲月蹉跎，夢想仍似空中樓閣，無影無蹤，一旦年壽有時而盡，就只能抱憾以終了。

就拿筆者自己來說好了，從事公職三十餘年，在歲歲年年保守僵化的公務文化薰染下，多少青春美夢、雄心壯志早已消磨殆盡，不過，儘管如此，屈指算來，依然有幾樁事打破了「命定」的框架，讓自己的美夢得以實現。

比方說，大一通過高等檢定考試，大三考取新聞高考；年奔四十才去考托福，靠公費跑到夢寐以求的美國名校唸了一個碩士；五十歲毅然轉換工作跑道，跳槽擔任中央藝文部門主管；又為了不讓人家嘲諷自己是外行領導內行，苦學素描與中西藝術史，考入美術理論研究所拿了第二個碩士；後又再接再厲攻讀藝術學博士，拿到此生最後一個學位，也為自己中年轉業、為興趣打拼，大大的爭了一口氣！

猶記，當年我在華府唸書時，讀到美國黑人桂冠詩人休斯（Langston Hughes）一首鼓舞每個人都應懷抱夢想、不可輕言放棄的短詩，很受感動，在此，且將其譯成中文，供讀者參考：

要緊緊抓住你的夢想，
如果夢想破滅，
生命有如折翼之鳥，

無法在天空翱翔；
要緊緊抓住你的夢想，
如果夢想逝去，
生命有如一片荒原，
被大雪凍僵。

休斯是美國近代最偉大的詩人之一，他自己出身寒微，又因屬於非洲裔美國黑人的關係，被白人歧視的陰影一直烙印其心，但他深知一個人要力爭上游、出人頭地，就必須堅定的擁抱夢想與希望，至死不渝。事實上，這一點也剛好印證了一九二一年諾貝爾文學獎得主、法國文學大師法朗士（Anatole France）常被人引用的一句名言：「要成就偉業，不僅須付諸行動，也須擁有夢想；不僅要有計畫，也需懷抱信念。」

休斯與法朗士兩位世界文壇巨擘，對人生的參悟，何其透徹，因而能一針見血的提示，一個人不管處在什麼樣的境遇，都不可不擁有自己的夢想，都不可讓那追求夢想的熱情被迫澆熄！

而《此生不留白》的作者，更在書末再三強調，人生在世，到頭來要想覺得不虛此行，必須認清，真正有價值的，不僅是目標本身，而且也是那種築夢成真、無怨無悔的執著！

我不後悔，要是我在乎人們會說什麼，

我就不可能有這樣的人生了。

——瑞典裔巨星　英格麗褒曼

I have no regrets. I wouldn't have lived my life the way I did if I was going to worry about what people were going to say.

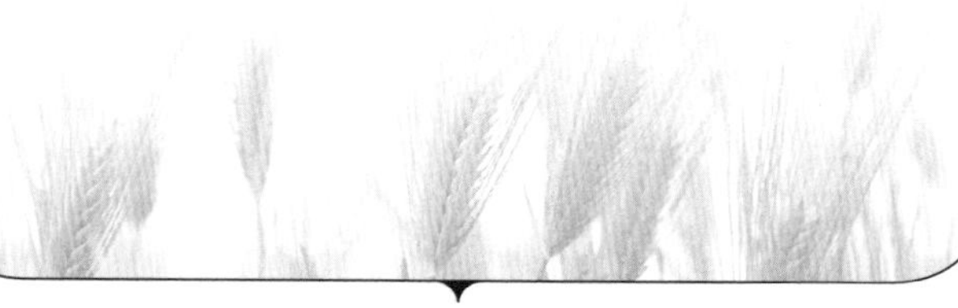

哈庫拉馬塔塔

在公務部門打拼一輩子，從基層到主管，從國內到國外，先後歷練過不少職務，雖說宦海浮沉，官運時有未濟，但與許多先賢一生坎坷、多次被貶的際遇相比，仍屬幸運。而且，長久以來我一直認為，活在當前這個世道，人們從事公職，只要自己把持得住，做到奉公守法，盡忠職守，縱不能混得風生水起、飛黃騰達，至少也不至於遭逢太大的挫折。

孰料人算不如天算，去年底一場突如其來的風波，讓人招架無功不說，也印證了所謂「天有不測風雲，人有旦夕禍福」的俗諺。此事談來頗為周折，至今亦未完全落幕，期間受到之委屈與煎熬，可謂「如人飲水，冷暖自知」，所幸長官、師長、親友、同事、部屬、學生等各方的慰問，紛至沓來，才使得心緒趨穩，生活的步調逐漸回歸正常。

這些善心人士對我的布施，無關乎物質或金錢，卻是「良言一句三冬暖」，賜給我莫大的鼓舞跟信心。例如，台北市議會楊議員，與我素昧平生、緣慳一面，卻輾轉找到我的手機號碼，兩度來電長談，溫言安慰之餘，更愷切剖析事理，提示因應之道，甚至還拔刀相助，主動致電我的老板，表達對我的力挺到底。此種古道熱腸的俠義之舉，直教人銘感五內！

楊議員是虔誠的基督徒，祈禱為其日課，他說也要為我禱告，求主賜予我力量。這樣的話語，聽在我這個在信仰道上迷途已久者的耳中，又如何能不為之動容，而深覺慚愧？

無獨有偶的，還有一位同屬教友的老同事，用心良苦，除了發簡訊為我的遭遇打抱不平外，還引用了《馬太福音》第六章第二十六節所說的：「你們看那天上的飛鳥，也不種，也不收，也不積蓄在倉裡，你們的天父尚且養活他。你們不比飛鳥貴重得多嗎？」想來，他是在點化我不管事件如何發展，一定要抱持「人在做，天在看」的信念，樂觀面對一切橫逆。

兩位教友有若「及時雨」般的慰語，的確化解了個人不少愁苦，讓人很是受用，由此亦可看出宗教信仰在人們最感無助時所發揮的鎮定作用。當然，針對人生的煩惱與苦難，不同宗教必然各有其化解之道，一位鑽研佛學很久的藝文界友人，來電要我勤讀《金剛經》，努力追求「應無所住而生其心」的境界。他強調，必須做到不在乎一己的利害得失，看破人我之間的是是非非，才能從煩憂中掙脫，於紅塵烈火中保持一份清涼自在。

另有一位駐外友人知道我是英格麗褒曼（Ingrid Bergman）的忠實影迷，過去只要提及經典名片，就不免鼓吹《北非諜影》中褒曼的精湛演技，於是，特別為我翻譯了下面這句褒曼的名言：「我不後悔，要是我在乎人們會說什麼，我就不可能有這樣的人生了。」我想，友人是以極婉轉的方式暗示，只要自身問心無愧，就不必太在意外界的閒言閒語，尤其是，面對現實社會上「人面逐高低」的人情冷暖，更須淡然處之。

除了這些對症下藥的良方外，我教過的學生也不落人後，紛紛寄卡片或以手機發簡訊來為我打氣。最有趣的是，有一位研究生還把華德迪士尼最賣座的經典動畫片《獅子王第三集》的主題曲《哈庫拉馬塔塔》（*Hakuna Matata*），用電郵傳給我。

他深怕我有代溝，搞不清楚年輕人的玩意兒，再三解說這是非洲土話，其中「哈庫拉」（hakuna）是沒有的意思，「馬」（ma）為複數詞，「塔塔」（tata）意為煩惱、憂愁，連起來讀，即為無憂無慮、毫無煩惱之意。

這位學生很有童心，他說老師不一定要學會唱這首英文歌，但有事沒事或開車無聊時，想起就自言自語地唸它幾回「哈庫拉馬塔塔」，保管心隨相轉，不僅面部的表情能立刻柔軟下來，心情自然也會像雨過天晴般跟著好轉。

我沒把學生的話當耳邊風，這些日子以來，每每在獨自開車時，就會像唸咒語一樣，大聲喊出「哈庫拉馬塔塔」，往往當下就會不由自主地笑出聲來。我必須說，這一招還真靈，我的學生並沒矇我！

不在乎一己的利害得失，看破人我之間的是是非非，才能從煩憂中掙脫，於紅塵烈火中保持一份清涼自在。

生命的故事比一眨眼還快，

愛情的故事不過是哈囉與再見。

——美國搖滾藝術先驅　罕醉克斯

The story of life is quicker than

the blink of an eye,

the story of love is hello, goodbye.

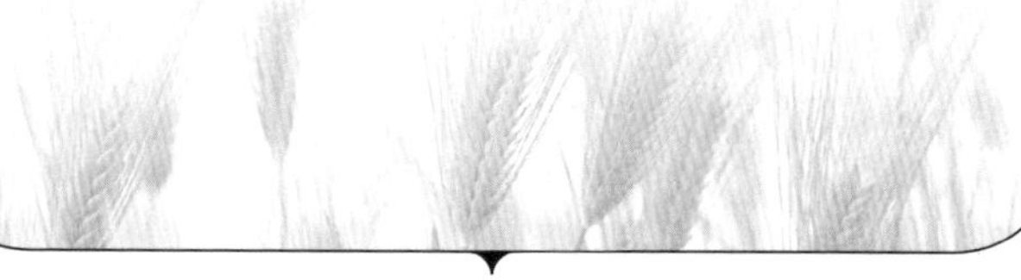

柑仔店的燈火

文史學者莊永明老師的舊家，是一間日據時期就已馳名於大稻埕地區的柑仔店（雜貨鋪）。原名為莊協發的這家百年老字號，經台北市政府文化局指定為古蹟，日前修復竣工，舉行落成典禮。當天前往道賀的各界人士將西寧北路小巷擠得水洩不通，大家都急切地想親睹這間曾走過百年歲月，本身就是一頁活歷史的老屋，如何以其嶄新之姿，來訴說它數代薪火相傳的故事，以及它所見證的風華與滄桑。

應邀上台致詞的政府首長及社會賢達，固然個個講得頭頭是道，妙語如珠，但最令人感動的，還是莊老師的姪女銜命代表家族向來賓答謝的那一場景。她的吐屬誠摯，用語平實，所透露的訊息看似平淡無奇，但字字句句都能扣人心弦，讓舉座為之動容。

她在致詞時強調，祖父過世之後，祖母一肩挑起經營柑仔店的重責，日夜辛勤打拼，每每忙到深更半夜才肯歇息，甚至八十多歲時依然親力親為，耳聰目明地打點店中雜務。尤為難能可貴的是，除了生意之外，她也十分關心社區鄉親的安全。為了讓晚歸的左鄰右舍能有一種安心、溫暖的感覺，她總是堅持自家的店鋪要做整條街上最後熄燈的店面。

現今，一般人要是經常走過五光十色的台北東區，或是走過深宵依然熱鬧滾滾的夜店，抑或本身就是卜居於繁華的市街之中，哪能體會到什麼夜歸獨行的忐忑？然而，莊協發卻是開在較偏僻的舊市區，入夜燈火昏昏，冷冷清清，老祖母看在眼裡，想為遲歸的街坊做點兒事，於是發揮守望相助的精神，把自家店鋪當成了街區照明的燈火。

說來，老一輩人宅心仁厚，做事處處為他人設想的風範，筆者這一代人諒亦自嘆弗如，然應能體會一二，而那些從未走過物力維艱時代的年輕人，對此恐怕就會覺得有點匪夷所思了。換言之，他們連對家中一切燈飾，都視為理所當然，遑論跟自己無啥關係的街中燈火了。

筆者自幼就住於日式宿舍，習於榻榻米、紙門的內裝設施，入夜睡覺時兩位姐姐共處一室，我跟大哥、二哥只得在客廳打地鋪。讀初高中階段，學校大考小考不斷，有時非得開夜車不可，卻無法在室內開燈，深怕影響家人清夢，只好悄悄跑到屋外，佇立在昏暗不明的街燈下展書苦讀。

夏天還好，只是蚊蟲擾人，驅趕無從，手腳被叮被咬，不言可喻；冬天，遇有寒流，室外溫度偏低，仍須頂著冷風在孤燈下瑟縮著身子奮戰，實在苦不堪言。再說，夜深人靜，傳音變遠，隔壁媽媽夜起入廁，每每聽見屋外街上有人走動或喃喃自語，第二天遇見家母就忍不住說：「你們家老三昨晚是不是又在路燈下用功了？這麼認真讀書，將來一定很有出息！」母親懂得驕兵必敗的道理，怕我因此自大起來，從未對我透露鄰家背後對我的誇讚，直到過了好些年，某日母子聊天時，才跟我提到這檔陳年趣事。

由此可知，我對室燈、街燈等夜間照明，所以會有與旁人不同的敏感，可說其來有自。除此之外，在我過往的記憶中，另有極特殊的一幕，始終烙印心頭，揮之不去。那就是，小時候半夜睡醒，往往看到一燈煢然，家母正低頭縫縫補補，張羅著一家大小的衣物。每次，我都會強睜著惺忪的睡眼催其就寢，她總是漫應者，或是告訴我一定要把手中的活計做一段落，再上床休息。

這些年來，每次念及母親一生勞瘁，終日辛勤操持家事的種種情景，心中都有幾分不捨之感，而她戴著一副老花眼鏡，深宵在孤燈下縫補衣裳的那一畫面，更是如影隨形般，歷歷如昨地湧現心頭。

一間傳統柑仔店的活化與再利用，讓筆者心潮起伏，憶起早已消失在流光裡的諸多前塵往事。我也曉得，社會上有不少人或許打心底同意美國搖滾藝術先驅罕醉克斯（Jimi Hendrix）感嘆人事無常的說法：「生命的故事比一眨眼還快，愛情的故事不過是哈囉與再見。」

然而，當你親眼瞧見一間百年老店迎來它的第二春，親耳聽到人家後輩兒孫講述老祖母照顧街坊的那份堅持，你仍得相信，儘管歲月悠悠，人世間總有永遠值得我們珍視與眷戀的故事；而且，你更應相信，許多尋常人物一生的故事，縱然短如眨眼，卻是如此精彩動人！

莊永明老師的舊家整修後成為「莊協發港町文史講亭」。（趙守彥／攝）

好運很少伴人走到家門。

——義大利詩人 塔索

Fortune rarely accompanies

anyone to the door.

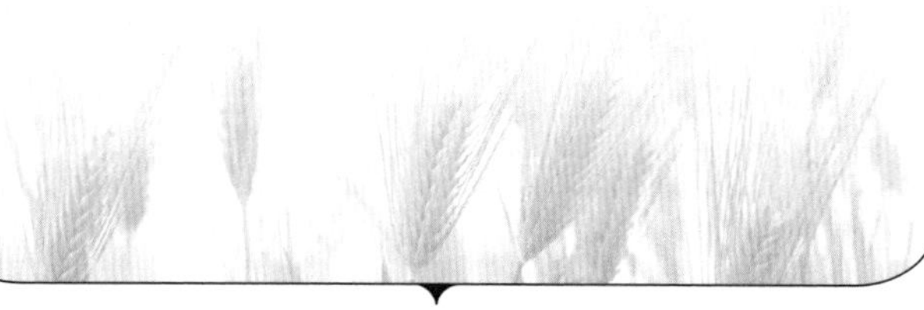

重讀《約伯記》

前不久有一位政壇大老，因愛女在上海意外身亡，而痛不欲生。許多人在電視上，看到白髮人送黑髮人那幕錐心刺骨、悲不自勝的哀戚，也都能感同身受，甚至忍不住紅了眼眶，為天下父母心一掬同情之淚。

內人是那位大老三十年前任教研究所時的學生，對老師不幸的遭遇很是關心，原本約了幾位當年的同窗，打算聯袂去探望恩師，後又慮及師門驟逢變故，家人心緒之低落可想而知，此時師生見面，一定又得觸及傷痛，極可能安慰不成，反倒加重老師的心理負擔，乃決定延後探訪。

確實，人生固然有許多劫難，是預料中難以逃脫的宿命，諸如生老病死，然而，讓人較難承受、無力招架的是，人生有更多不可勝數的意外劫難，一如不測的風雲，變生肘腋，防不勝防，使你原本一帆風順的生命之舟，毫無預警的駛入了狂風暴雨之中。

說得具體一點，當橫禍登門，當冤屈從天而降，當無情的詆毀接踵而來，當事業突然面臨山窮水盡，當至親至愛的人驟然永別，我們該如何自處？如何面對？如何走出不幸與傷痛？如何找回失去的勇氣與動力？如何重回生活的正軌，繼續自己未竟的人生旅程？

針對這一連串的大哉問，古往今來不知有多少聖哲，以其深厚的學養、豐富的人生閱歷、悲天憫人的胸懷，為芸芸眾生開示，可是，這些指點人生迷津的論述，是否真能撫平每一個受難者的創傷，或讓彼等獲得莫大的心靈安慰，抑或為受屈的好人在精神上找到出路與公道，仍然大有疑問。

不少人在遭受莫名的打擊，都不禁怨天尤人起來，甚至扣問上天，像他這樣的好人，為何會受到命運的捉弄，有此不幸的遭遇。確實，好人也會受難，也會受到打壓，也會中箭落馬，蒙受不白之冤。英國近代海洋文學作家麥克菲（William McFee）對此有其獨到的觀察，他的名言就是：「為所當為，並不足以遠禍保身。」足見，在他看來，好人受難，也是人世間的常態。

就這一點而言，讀過漢朝司馬遷巨著《史記》的人，一定會記得，這位曠世奇才就因主持公道，替那位以寡擊眾、兵敗被俘的大將軍李陵說了幾句好話，而獲罪下獄，並為此慘遭宮刑，不僅成為其終生的奇恥大辱，也讓兩千餘年之後的你我，讀其聲聲喊冤的文章，為之深深扼腕不已。

在《史記》的〈伯夷列傳〉中，司馬遷忍不住質疑道：有人認為「天道無親，常與善人」（上天沒有偏私，常常幫助好人），但有大盜無惡不做，得以善終，而像伯夷、叔齊這樣堅守氣節的好人，卻又餓死於深山，再如孔子的高足顏回，最是好學不倦，卻經常食不裹腹，年紀輕輕（三十一歲）就貧病交迫去世，這些活生生的例證，究竟說明了人生什麼道理？

簡而言之，司馬遷的疑惑是，人生為何如此弔詭，明明罪有應得的壞人沒見任何報應臨身，反觀不少好人卻時運不濟，無端受害。就司馬遷此類不平之鳴，許多哲學家、神學家都曾著書釋疑，不過，對任何一位有特殊宗教情懷的人來說，最令其信服的啟示，恐怕還是《舊約聖經》中的《約伯記》。

事實上，《約伯記》公認是西方文學中探討人類遭受苦難的經典之作。故事大致在講，約伯是一位誠實正直、急公好義、被上帝極其看重的信徒，撒旦卻向上帝進讒，強調約伯是勢利小人，只要奪去其一切，他就必然背叛。上帝接受了撒旦的挑戰，但不許撒旦傷害約伯的身體。

於是，種種試煉與災難接踵而至，善良的約伯絲毫不為所動，並未詛咒上蒼的無情。撒旦眼見狡計未逞，約伯對上帝的忠誠如昔，就說，只要傷害到約伯的身體，讓其生不如死，約伯必然與上帝決裂。再一次，上帝放手撒旦加害義人，使約伯身患惡疾，人見人厭，儘管如此，約伯仍未失去對上帝的信心。

約伯的朋友見其遭受失去親人、財產、健康等連環的打擊與不幸，同情之餘，力勸約伯必須認罪悔改，被約伯峻拒。約伯認為自己無辜受害，冤枉至極，寧願面見上帝，質疑其不公的對待。《約伯記》在末尾記載著，上帝在旋風中現身，以其智慧及大能回答了約伯所有的疑問，使約伯心悅誠服，無話可言，重獲了平安、恩待與喜樂。

重讀《約伯記》，令筆者又一次體認，身處天地之間，任何人都難免有旦夕之禍福，正如義大利十六世紀詩人塔索（Torquato Tasso）所言：「好運很少伴人走到家門。」這也就是說，即使是好人、義人，亦不免平白受害、受辱、受苦、受難。

重要的是，我們要能在苦難與悲憤中認清生命的意義與價值，矢志不移的守住自己的初衷，而且堅信，就算生命的幽谷漫漫無盡，最終我們必能走出苦難，再沐生命的陽光！

我們還能走多遠呢？

在旅行的追尋中，什麼才是最後的邊界？

——法國作家 凡爾納

How much further can we go?

What are the final frontiers in this quest for travel?

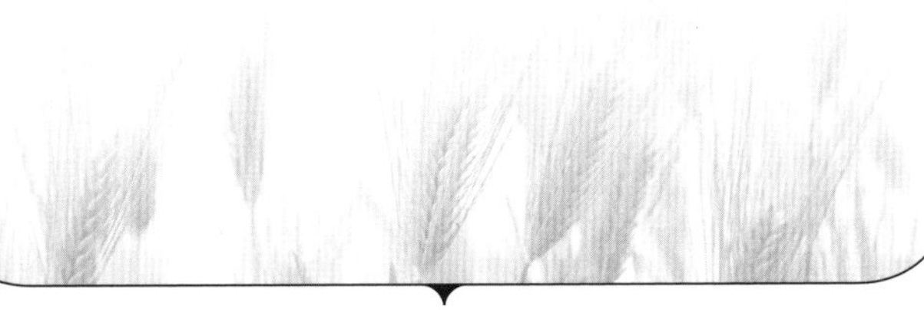

旅行的最後邊界

搭乘熱氣球遨翔天際，享受御風而行的快感，已成為近二三十年來舉世各國最夯的旅遊活動，不要說時下無數年輕人都熱中於此了，就連不少上年紀的銀髮族，也都躍躍欲試，很想找機會一開眼界。

說來，筆者個性保守又怕高，絕對不是喜歡趕時髦之輩，然而，也許是受到好萊塢影片的影響，打從學生時代起，就對有關熱氣球的報導頗感興趣。猶記，早年曾看過一部名為《環遊世界八十天》的影片，劇情細節早已不復記憶，唯獨對片中主僕二人乘坐熱氣球由巴黎飛往西班牙，啟航時兩人興高采烈在吊籃中慶賀之歡樂景象，至今難忘。

《環遊世界八十天》是一九五六年奪得奧斯卡最佳影片獎的經典名片，主角英國巨星大衛尼文、墨西哥籍諧星康丁法拉斯的精湛演技，固令人激賞，而劇情的曲折緊湊，高潮迭起，更是這部片子成功的關鍵因素。事實上，人們可能不知，此片的原著早在一八七三年就已問世。作者是十九世紀專寫科幻冒險小說的法國作家凡爾納（Jules Gabriel Verne）。彼時，以熱氣球載人飛航尚未風行，而他能將此一橋段寫入小說，亦足以見出他先知先覺的高明之處。凡爾納一生總計寫過六十多部科幻作品，對近代文學體裁的發展有深遠影響，故有「科幻小說之父」的美譽。

凡爾納自幼喜歡旅遊與探險，此種情懷深植於心，也始終貫穿於其作品。他鼓勵人們要勇於走出國境，開拓心靈的視野，因而說：「旅遊使我們能以新的體驗，來豐富自己的人生，並在獲得心靈享受的同時，增廣見聞，學習尊重外國文化，建立友誼，而尤為重要的是，對促進舉世的國際合作與和平，貢獻一己之力。」

旅遊的好處，不難一一歷數，但若非有宏觀的襟懷與高度，誰又能講得如此深刻精闢？凡爾納倡導人們必須保有永無止境的探索精神，因而以反問的口氣強調：「我們還能走多遠呢？在旅行的追尋中，什麼才是最後的邊界？」

凡爾納所寫的小說，除《環遊世界八十天》被拍成電影外，其餘如《海底兩萬里》、《地心歷險記》等，也都先後被搬上大螢幕，獲得無數殊榮，部部皆成為影史上百看不厭的經典之作，不僅開啟了千千萬萬影迷的視野，而且也點燃了世人心中追尋新事物、新體驗的熱情。

就我而言，乘坐熱氣球遨遊於藍天白雲之下，將地面景物盡收眼底，既然是少年時代就有的夢想，若有機會使美夢成真，宿願得償，自不能輕易放過。而月前隨團參加神學院舉辦的土耳其聖地之旅，活動之一就是遊覽位於該國中部的卡帕多奇亞（Cappadocia）古代地下城，並搭乘熱氣球，鳥瞰地面上如人間仙境般的奇岩怪石及壯麗山景。

卡帕多奇亞在一九八五年被「聯合國教科文組織」登錄為世界文化與自然遺產，數年前更被美國《國家地理雜誌》評選為最適合兒童遊覽的十大世界遺產之一。在這個佔地約兩萬平方公里的浩瀚區域內，遍布著遠古時代火山爆發後熔漿與火山灰所形成的峽谷、岩洞、石柱、石錐，以及千姿百態的岩石。

此外，其中最奇特，也是最為世人稱道的「童話煙囪」（fairy chimney），外形看上去，確實像一個個從平地拔起、戴著帽子的瘦長煙囪。根據地質學家考證，此一極其特殊的地形地貌，應是地表經千百年長期日夜風化與侵蝕作用，岩石旁的土壤被磨損削除，而較堅硬的小石塊，卻被大自然巧妙的留在大岩石上所形成。

最高的「童話煙囪」，可達四十公尺左右，而遊客所搭乘的熱氣球，在一小時的飛航時間內，視當日的風向、風勢、氣溫之不同，則可升空至五百至一千公尺之間，以此高度或遠眺、或俯瞰有如鬼斧神工的自然地景，讓人打心底讚嘆造物主的神奇力量。

我原本有點擔心熱氣球升空及降落時，會不會像乘飛機那樣，多少讓人有點不安或不舒服的感覺，但完全出乎意料之外，在駕駛員高妙的操控下，遊客竟毫無任何不適。感覺上，我所乘坐的熱氣球，在和煦晨光的沐浴下，有若一片任意飄泊在空中的白雲，隨著陣陣透涼的輕風，上上下下，自在又逍遙的巡航在卡帕多奇亞的上空。

此時，在吊籃中的我們，並無孤獨之感，因為放眼過去，穹蒼雖然無垠無際，而四周遠遠近近，高高低低，盡是圖案爭奇鬥豔、五彩繽紛的熱氣球。駕駛員告訴我們，每天早晨升空的熱氣球，至少有一百顆之多，若以每一吊籃容納二十位遊客計，就有兩千名遊客，幾乎於同一段時間內，在空中體驗名列世界遺產的勝景。

或許，此時此刻，你才會對凡爾納的提問有所了悟，原來，旅行最後的邊界，不在南極、北極，亦不在月球、火星，而是在你我的心中，也就是說，在人生之旅中，我們始終都應保有那種永無止境、永不停歇的探索精神！

在土耳其卡帕多奇亞搭乘熱氣球，鳥瞰地面上如人間仙境般的奇岩怪石及壯麗山景。（王壽來／攝）

過去，從未消逝，甚至並未過去。

——美國小說家 福克納

The past is never dead, it is not even past.

記得與不記得

甫於年前過世的佛門大德聖嚴法師，在一次演講會中提到，佛教提倡無相布施，主張行善不求回報，有人為此深感苦惱，於是向他請教說：「我做了好事，還會記得清清楚楚，怎麼辦呢？」

聖嚴法師就安慰他道：「沒關係，記得，並不等於在乎，而在乎的意思，就是念念不忘別人是否回報。」此人聽了大師通情達理的開示後，如釋重負，困擾多年的心結終於得以化解。

人有記憶能力，可說是得天獨厚的特長與優勢，也是被稱為萬物之靈的關鍵因素，無怪乎以寫《小飛俠彼得潘》成名的英國作家巴利要說：「上帝給了我們記憶，我們才能在十二月裡擁有玫瑰。」

你也許要問，玫瑰品類繁多，已登錄者不下三萬種，既非稀有植物，為何始終能引領風騷，成為人見人愛的花卉？說來理由無他，就因為長久以來，玫瑰的嬌豔、芬芳，一直被人們視為美麗與愛情的象徵。冬日雖非玫瑰當令的季節，所幸我們擁有記憶，仍能隨時把它召喚回來，讓它綻放於自己的心頭。

記憶，特別是美好的記憶，可說是支持我們在人生道上堅毅前行的一大動力，即使是在寒意重重的冬天，它也會像是一室的爐火，溫暖我們的身軀。看過好萊塢巨星卡萊葛倫、黛博拉蔻兒攜手合作的經典名片《金玉盟》之影迷，固然對劇中男女主角在郵輪上相遇、相愛，卻又橫遭命運作弄，不能如約在帝國大廈再續前緣的曲折故事，感動落淚，但多半也不會忘記劇中讓人再三回味的對白：「對那些沒有溫暖記憶的人們而言，冬天必然很冷。」

記憶，特別是美好的記憶，可以彌補我們生命的缺口，可以回報我們對親人或愛人的思念，可以對抗無情歲月所帶來的人事滄桑。就這一點而言，榮獲一九四九年諾貝爾文學獎的美國文壇巨匠福克納（William Faulkner）曾一針見血地點出：「過去，從未消逝，甚至並未過去。」無可否認的，每個人的過去都難免有不堪回首的部分，可是，也一定有值得銘記於心的時刻，換言之，就算是最坎坷、最殘破的人生，也不是用李後主的詞「往事只堪哀」就能一語帶過。

曾因不白之冤而遭牢獄之災的二十世紀義大利詩人帕韋澤（Cesare Pavese），對此感悟甚深，而要言不煩地道出無數世人的心聲：「我們不會記得日復一日的歲月，我們只記得片片段段的時光。」人生歡娛的時刻也許屈指可數，但任何美好的記憶總會如影隨形，與我們須臾不離。

記憶，特別是美好的記憶，是上蒼賜給每個人與生俱來的厚禮。當代美國小說家艾爾邦（Mitch Albom），在其暢銷書《在天堂遇見的五個人》（*The Five People You Meet in Heaven*）中，對此有令人動容的描述，他說：「失去的愛，仍舊是愛，它只是以不同的形式存在罷了。你無法看到他們的微笑，或帶給他們食物，或輕撫他們的髮絲，抑或在舞池中翩翩共舞。但是，當那些感覺減弱，另一種感覺卻變強了，那就是記憶，記憶變成你的拍檔，你滋養它，擁抱它，與其跳舞。生命必定有結束之時，愛卻不然。」

艾爾邦所指涉的情愛，表面上或許只針對男女之情，而事實上，美好的記憶原本是生命中永難磨滅的印記，其內容又豈只愛情一端，最起碼，還應涵蓋親情、友情等人間其他至情。

做好事不圖回報，事後縱然記得，於做人並無大礙，惟若能像船過水無痕般，完全忘懷，當然尤屬上乘，然而，對於人生美好的時刻，我們不僅要記得，更要牢記於心，使它伴隨我們度過每一個寂寂晨昏、每一個漫漫長夜，以及每一次生命的起起落落。

人生歡娛的時刻也許屈指可數，但任何美好的記憶總會如影隨形，與我們須臾不離。（陳輝明／攝）

我們都是自身過去的產物，

但我們不是必然成為其囚犯。

——美國宗教家 華理克

We are products of our past,

but we don’t have to be prisoners of it.

做一個活出自我的旅人

溫馨熱鬧的聖誕佳節，才剛剛在舉世歡唱《平安夜》的聖歌中走出人們的視野，風風火火的跨年大戲，就緊跟著隆重上演。在眾多媒體推波助瀾之下，國人無不翹首屏息等待台北一〇一精彩的煙火秀。

說實在的，拿筆者的年紀而言，並不適合摩肩接踵的擠在萬頭攢動的人群中湊熱鬧，可是，要我老老實實的守在家中電視機旁觀看轉播，似乎又有一點心有未甘。於是，就約了三五好友，連袂跑到離一〇一高樓不遠的某中學操場，遠眺燦爛奪目的跨年主秀。

說是遠距，臨場感依然真實，二百一十八秒火樹銀花般的璀璨，緊緊牽動了所有現場觀者的心，讓眾人目不暇給的在視覺上獲得了最大的滿足。然而，就在煙火大秀甫落幕，筆者還沉浸於如斯美景時，身旁的友人猛不防的冒出了這樣一句話：「我們每個人的青春不就像這樣，縱然萬般美好，卻是如此短暫！」

我這朋友也不是什麼特別多愁善感之輩，他的有感而發，雖說多少有些殺風景，但恐怕也是許多飽經人世滄桑者，面對歲月無情的流逝、青春年華的一去不返，常常不免興起的感傷。

青春短暫，青春無價，這當然是不爭的事實，然而青春的心態與熱情，是否隨歲月消磨殆盡，倒非必然！猶記，年輕時曾讀過一篇題為〈青春〉的英文短篇散文詩，至今仍記憶猶新。

此一詩作是美國文學家鄔爾曼（Samuel Ullman）的名篇，傳誦至今。據記載，美國名將麥克阿瑟在其擔任盟軍駐日最高統帥時，就將此詩加框懸掛在其東京的辦公室中，當成朝夕相見的座右銘，而他在演講時，也常引用其段落，作為他生命的見證。

此詩可說是字字珠璣，非常值得背誦，而我最喜歡的幾段是：

青春不是人生的一段時光，而是一種心境。

青春不是桃面、朱唇、柔膝，
而是堅定的意志、豐富的想像、充沛的熱情。
青春是生命深處的一道清泉。

沒有人會只因歲數而老邁，我們變老是因為拋棄了理想。

歲月可使肌膚生皺，但放棄熱情卻使心靈生皺。

鄔爾曼此一傳世之作，所以會被一代名將麥克阿瑟奉為圭臬，亦被舉世無數有心人擊節讚嘆的主要緣由，就是它在在激發了人們對生命的熱情，鼓舞人們勇於抗拒歲月的摧殘，喚醒人們永不放棄對理想的追求！

鄔爾曼是在一九一七年發表此作，彼時他已年高七十七歲，縱不算是風燭殘年，也該算是邁入其人生道路的最後一段里程。然而，他對生命的觀照與領悟，仍然是如此樂觀與正向。現今世間男女，即使是銀髮族，讀到此詩，又如何能不躍躍欲試、熱血沸騰？甚至，會不會意氣風發的，對古人所說「老驥伏櫪，志在千里；烈士暮年，壯心不已」的那種雄心壯志，頓生無限的景仰與嚮往？

一場熱鬧滾滾的二〇一一跨年煙火秀，讓友人感嘆華年易逝，人生歲月的匆匆，也讓我聯想起鄔爾曼鼓舞人心的傳世名篇。這兩種截然不同的心情交織於心，所提醒的，不僅是一如李白詩中所言的「人生得意須盡歡，莫使金樽空對月」，要在日常生活中把握機會，及時行樂，而且更要體認到生命之旅何其難得，何其寶貴，絕不能空入寶山而歸，不能船過水無痕般不留印記，因而，無論身處壯年或晚年，都必須永懷夢想，並有逐夢成真的勇氣與熱情！

講到理想及夢想，周遭又有誰不能說上幾句？特別是在新歲伊始、萬象更新之際，除舊布新，規劃未來，不趁此時，更待何日，這可是人人都懂得的道理！問題是，坐而言易，起而行難，一切盼望與盤算，若只落於空想空談，終究無補實益，而此一病根，並非國人所獨有，老外又何嘗不是如此！

英文網路上就流傳著這麼一則故事，大意是，有一位仁兄向上帝祈禱說：「親愛的主啊！我二〇一四年的願望就是，請讓我的銀行帳戶變肥，而讓我的身材變瘦！你可千萬不要像過去一年那樣，把兩者顛倒了過來！」

這則故事固然只能當笑話看，但所透露的訊息不也就呼之欲出嗎？無怪乎當代澳洲著名的哲學教授辛格（Peter Singer）會如此說：「有時我們很知道最該做什麼，偏偏捨此不為，新年期間所下的決心，往往就是如此，我們之所以決心減重、健身，或花多一點時間在孩子們身上，因為我們明知其有益於己，而毛病就出在，破戒總是比堅持下去，更來得容易！」

辛格這番話說得直白，卻是一針見血之言，南非暢銷小說家赫曼（Hilton Hamann）對此則有更為深刻的省悟，而且他劍及履及的把新歲的願望立即付諸實現。

日前赫曼在網路發表了一篇新歲感言，坦言不管人們在新年之初如何痛下決心，宣告這一年要如何如何，可是他們自己心知肚明，用不著等到元月底，就會將這些決心忘得一乾二淨。

赫曼透露，這些日子以來，他天天陪伴在高齡八十八歲的老父身邊，看其日形衰老，活生生的在他面前崩解，內心萬分不捨。他說，父親律己甚嚴，對自己要求甚高，凡事總是以責任為念，把個人的享樂推遲到最後，於是，始終沒有機會做自己一直期盼做的事，如今悔之晚矣。

所以，赫曼新年所下的決心極其簡單，那就是：把握現在，享受當下！而因為讀小說、寫小說，正是他生平最大的樂趣，所以他決定這一年中每週要以「咖啡時間的故事」為總標題，在網路上發表一系列短篇小說，讀者可以使用手機或平板電腦下載其文，如此就像是取用一片美味的巧克力一樣，可以慢慢咀嚼，享受短暫的美好時光。

赫曼將其新年新願公諸於世，想必不會半途而廢，然而，一般人能否以其為典範，那就不無疑問了。美國極具影響力的牧師、名著《標竿人生》的作者華理克（Rick Warren），說過這樣一句耐人尋味的話：「我們都是自身過去的產物，但我們不是必然成為其囚犯。」

確實不錯，人生過往的經驗，固然是自己的前車之鑑，可是，無形中恐怕也就成為自身靈魂的絆腳石。尤其是人過中年，考慮漸多，行事為求周延，往往瞻前顧後，怕東懼西，諸多人生的願望與夢想也就因此遷延蹉跎，不知不覺的被埋葬於歲月的灰燼之中了。

人生不免有時而盡，又豈止是青春年華，對此無人可以超越，所以蘋果電腦的創辦人賈伯斯二〇〇五年應邀在加州史丹佛大學對畢業生演講時，會用這樣的話語去激勵聽眾：「你的時間是有限的，所以不要虛擲時間為他人而活。不要受困於教條，因為那也算是活在別人的思想觀念之中。不要讓他人意見的雜音蓋過自己內心的聲音，而最最要緊的是，要勇於追隨自己的心靈與直覺！」

十七世紀日本詩聖松尾芭蕉曾說：「日月百代之過客，流年亦為旅人」，把歲月的流轉予以擬人化，生動的突顯了生命的無常與不可恃，而現今作為世間真正旅人的你我，在開春時節，是不是更應認真檢視自己的人生目標與計畫，奮力追尋我們的理想，活出真正的自我！

年齡只是一個數字，一個紀錄的符碼，

人無法讓經驗退休，他必須善加利用。

——美國投資學大師 巴魯克

Age is only a number, a cipher for the records.

A man can't retire his experience. He must use it.

最長的咖啡時間

在公部門打拼了將近四十年，前二三十年，按部就班，一帆風順，後十來年，跌跌撞撞，數易其位，雖明知宦海浮沉，本是仕途常事，但有時突如其來的調動，仍令人措手不及，為之氣餒，內心常不免興起一種不如歸去之感。

如今，終於熬到可以「告老還鄉」的退休之齡，從此，既不必起早睡晚，忙著批閱公文、主持會議，或慌慌張張的趕捷運、趕高鐵，亦不必成天提心吊膽的，生怕所負責的單位莫名其妙的成為眾矢之的，教你欲辯無從，招架無功。

辦理退休，當然有個作業程序，人事單位給我開了一張清單，詳列所需要的各種證明文件，害我翻箱倒篋的很費了一番手腳，才把東西找齊。而親友、同事看我退休在即，見了面二話不說，就道「恭喜」，一來認為做到像我這樣的位子，能安然全身而退，實屬不易，二來是認定今後我不必再夜夜上鬧鐘，可以天天睡到自然醒了！

我那卜居美國、長我十來歲的大姐，更三番兩次的來電提醒，退休就是退出江湖，不問世事，今後再無藉口不去運動，無論如何，一定要先把身體顧好，絕不能把上醫院當成了家常便飯。她以過來人的身分，一再強調，人在忙碌中，往往不易生病，但一旦離開職場，整日心無所繫的無所事事，身體的狀況反倒容易江河日下，各種大小毛病乘虛而入，紛來報到。

再說，我那位大名鼎鼎的女老板，也從女性主義的角度有所暗示，在歡送茶會中，她對著我跟另一位行將退休的主管說，男人退休後回到家庭，會不會讓做老婆的很不習慣，甚至鬧起家庭革命，因為，以前是她在家裡發號施令，她說了算，往後先生卻要與她分庭抗禮，事事都想當家作主了。

女老板的說法，自有其深刻的觀察，不能說沒有幾分道理，然而，不少人的情況恐非如此，長久以來，我對美國作家佩雷（Gene Perret）所說的「當你退休，你只是換了老板——把一個雇用你的人，換成了你結婚的人」，深以為然。這位三度獲得艾美獎的喜劇作家，以幽默詼諧的文字，總結了現今社會上許多退休男人的實際處境，堪稱入木三分。

說實在的，退休究竟是何況味，想必是如人飲水，冷暖自知，而且也必定是人言各殊，莫衷一是。就我個人而言，我寧願相信，所謂退休，只是樂章裡的休止符，文章中的逗點，或如西方人所說的「世上最長的咖啡時間」。不過，畢竟人生舞台的布幕並未真正落下，樂章未奏完，文章未結束，而咖啡飲畢，是不是還應繼續上工？

猶記，當年我在美國舊金山任職時，與高齡九十多歲的老畫家劉業昭老師結成忘年之交。劉氏急公好義，僑界每有義賣活動，他都不落人後，慷慨捐畫響應。他落腳於金門大橋以北不遠的濱海小鎮，每日清晨四、五點鐘起床，稍作漱洗後即開始作畫，十點鐘就驅車到自己在鎮上的畫廊「寒溪畫室」，開門營業。

當他過世時，我已調回台北服務，還應其女兒之邀，寫了一篇題為〈春風入座有餘溫〉的紀念文章，在美西的《世界日報》上發表，並在其追思會中印發給所有的來賓，藉此對劉老師一生從事藝術創作，始終抱持一息尚存，永不停歇的精神，表達了高山仰止的無限敬意！

劉老師以九十餘歲的高齡，尚且每日作畫、做畫框、開畫廊，固然教人打心底佩服，但在美國還有一位名叫芬妮根（Rosa Finnegan）的百歲女性人瑞，其行誼同樣贏得世人的尊敬。這位老人家受雇於波士頓附近的一家製針公司，一週上班五天，堅守工作崗位，從不遲到早退，深獲老板與同事的信任與肯定，除美國「公共電視台」對她做過專訪外，美東大報《基督教科學箴言報》亦曾大幅報導，表揚其永不退休的人生態度！

芬妮根的視力雖已退化，然其敬業精神與工作品質不落人後，她願朝九晚五的天天上班，志不在賺錢，而在於使其活得有生氣，有意義，有盼望。她對記者說，她熱愛這份差事，因為公司裡每一個人都高興見到她，他們對她微笑，向她問候，她以此開啟一天的序幕，感受到人世間的溫暖與美好！

不可否認的，芬妮根老太太的故事，或許僅僅是一個特例，可是，她的不凡事蹟，不也再次證明了人們的就業機會，並不必然隨著退休年齡的到來而告終結？誠如美國投資學大師巴魯克（Bernard Baruch）所言：「年齡只是一個數字，一個紀錄的符碼，人無法讓經驗退休，他必須善加利用。」

退休，即使比喻成人生最長的咖啡時間，但咖啡飲畢，休息已足，今世的功課尚待做完，因而，我一直相信，所謂退休，只不過是開啟另一段人生旅程的代名詞而已！

所謂退休，只是樂章裡的休止符，文章中的逗點，或如西方人所說的「世上最長的咖啡時間」。（陳懿文／攝）

一個人所能放下的事物愈多，

也就愈是富有。

——美國自然主義文學家 梭羅

A man is rich in proportion to the

number of things which he can

afford to let alone.

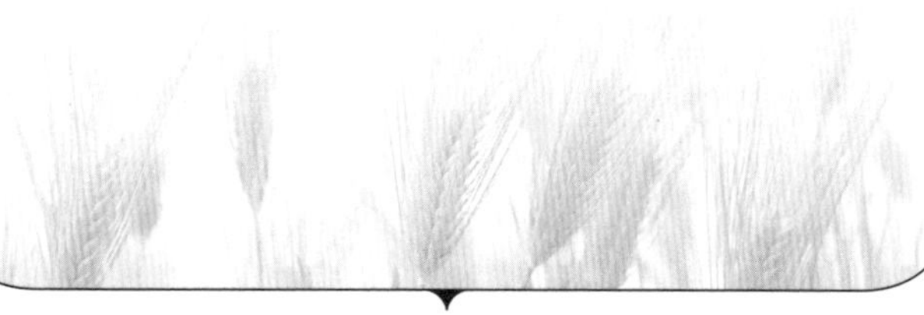

減式人生

一位一輩子都是從事外交工作的老友，年前退休後，把他一整衣櫃的漂亮行頭送的送，捐的捐，我也蒙其厚愛，分得一套連標籤都未撕去的名牌西裝。你可別以為，他八成是已看破紅塵什麼的，其實，他不過是打定了主意，從今以後要過一種減式的生活，能割捨的身外之物，能婉謝的交際應酬，概不眷戀。

在筆者諸多友人中，論個性的樸實與做事的實在，當推此君，尤為難能可貴的是，他的自省功夫，遠非一般凡夫俗子所能企及。而他此番贈衣之舉，不由讓我回憶起一段至今猶覺歷歷如昨的陳年往事。

彼時，老友正派駐美東人文薈萃之地波士頓，我趁赴美公差之便，順道前往探望。他知我此行停留時間極短，強烈建議說：「你如此來去匆匆，別的地方可待他日再去，但梭羅當年隱居的瓦爾登湖，無論如何，也該抽空『朝聖』一下，這樣你也就算是不虛此行了！」

談起梭羅（Henry David Thoreau），只要稍微涉獵過西洋文學的國人，定不陌生，他的成名之作《湖濱散記》（*Walden*），更是膾炙人口、舉世暢銷的經典名著，而對筆者而言，這本書在我一生的閱讀記憶中，尤有無法取代的地位。

年少時，家貧，零用錢極少，但我還是想辦法攢錢買了多本由香港「今日世界出版社」所發行、編印極其精美的美國名著譯本，《湖濱散記》正是其一，也是我一讀再讀、始終偏愛不移的讀物。特別是書中許多話語，每每令我在腦海中千迴百轉，深蝕心骨。

說來，古今中外決心過隱居生活的人，自是無計其數，所謂「大隱隱於市朝，小隱隱於山林」，更是傳統中華文化的一種人生哲學。而梭羅之所以被世人推崇備至，並不在於他在那個時代特立獨行，毅然遁隱於湖畔的森林中，過一種與世無爭、極至簡樸的生活。

他的偉大不凡，是在於他極力提倡世人應以尊重自然、認識自然、回歸自然的態度過生活，他本身言行合一，身體力行，從一八四五年七月至一八四七年九月卜居於瓦爾登湖旁一間簡陋不堪的小木屋，以兩年又兩個月的時間，印證個人的見解與思考，並把這一段追求簡樸生活的點滴過程，以及所思所感，源源本本詳細記錄下來，寫成《湖濱散記》一書，供外界分享。

梭羅之所以會在這一段時間內，把自己的生活空間壓縮到一個人煙稀少的角隅，且把物質需求降到最低程度，最主要的目的，一如他在書中所言：「我住到森林裡，是為了要認真生活，僅去面對生活中最基本的需求，看看能否領略生命的啟示，如此，在我臨終時，就不會覺得虛度此生了。」

說實在話，筆者年輕時讀到這段文字，並無太深刻的感悟，待年過半百，每思此言，領會益深，也才真正體會到，一個人若是像晉代田園詩人陶淵明文中所說的「心為形役」，整日忙進忙出，為塵勞所困，為物慾所驅，就根本不可能有任何餘心餘力自我反省，檢視人生的意義，甚至真正明瞭到簡單的生活方式，會讓一個人獲得如何的精神效益。

梭羅決定離群索居，進行一種他所嚮往的生活實驗，才使自己有機會在孤獨、平靜、恬淡、簡單的生活中，充分領略天風、水濤、鳥叫、蟲鳴種種天籟的美妙，以及與野獸、飛禽、爬蟲等大小動物作近距離，甚或零距離接觸所產生的感動。

梭羅力主世人應重新評估與調整跟大自然的關係，證諸當前世界各地動輒發生地層下陷、土石流肆虐、溫室效應惡化、物種加速滅絕等問題，即可感知他的遠見及睿智了。由此亦可知，梭羅會被後世譽為世界環保主義的先驅，以及美國自然文學的奠基者，誠可謂實至名歸。

再說，回歸自然，既是梭羅念茲在茲的中心理念，他必然身體力行，戮力實踐簡樸的生活方式，因而他在《湖濱散記》中有如此暮鼓晨鐘般的心得：「一個人所能放下的事物愈多，也就愈是富有。」

是基於這樣一種認知，那一年，我真格是喜出望外的接受老友美意，驅車走訪離波士頓不過二十英里路的瓦爾登湖。不過，那趟意外的旅程，與其說是去尋幽訪勝，徜徉於湖光山色，毋寧說是去向一代自然主義的領航者致敬。

當我在滿地黃葉枯枝、寒意濃重的深秋，頂著陣陣襲來的冷風，走在一百多年前梭羅同樣履足過的森林小徑時，靈光一閃，不禁想到多年來自己在職場中打拼，雖稍有斬獲，卻被永無止境的名利慾望及物質需求所牽引，生活像陀螺般日夜打轉，既倉皇又辛苦，卻始終有一種無以名之的失落感。

事隔二三十年，如今筆者回首漫漫來時路，當年走訪瓦爾登湖的那一種感動，仍然一直深藏於心，這次看見老友痛定思痛決志過減式的生活，佩服之餘，也覺得是自己該採取減法，放下一些人生無謂的負擔，做生活「大清倉」的時候了！

家，是我們情繫之所，

縱使人離開了，心卻不曾離開。

——美國詩人 霍姆斯

Where we love is home.

Home that the feet may leave,

but not our hearts.

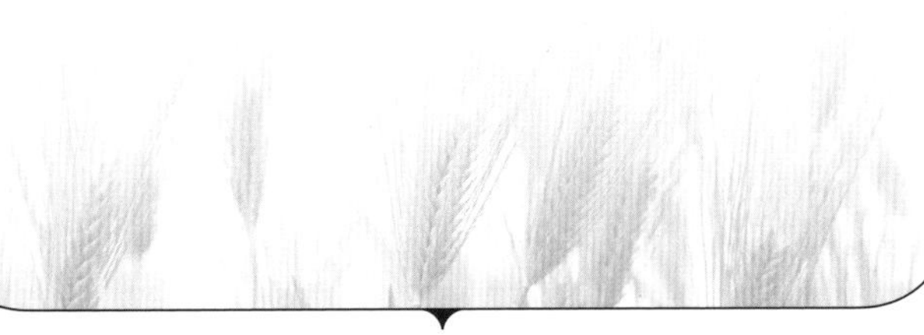

鄉夢六十年

母親病逝匆匆已有四年多，在她晚年身體還算健朗的時候，我曾多次問她，想不想由我陪她回山西老家去看一看，她總是不發一語的搖搖頭，或簡單的回應一句：「老家都沒人了，我回去做啥？」我不知她是擔心近鄉情怯，還是怕屆時觸景傷情，受不了人事全非所帶給她的衝擊。

當年母親帶著我們五子女輾轉逃難來台時，我僅一兩歲，太原老家究竟是個什麼樣子，當然一無所知，不過，從小到大，還是從母親口中，一鱗半爪的聽到老家房舍的一些情形。別的不說，我只知它是完整的傳統四合院建築型式，計有三進院落，每院落均包括一個正院及東西兩跨院。

母親說，老家佔地甚廣，極為氣派，民國二十三年十一月間蔣委員長與蔣夫人蒞臨太原時，不是住在什麼招待所，而是下榻父親的公館。由此可以想見，老家房舍規模之大，否則，如何會被選來接待蔣公夫婦及其眾多隨從與侍衛。母親說，蔣公態度謙和有禮，引見時稱她為嫂夫人，而蔣夫人雍容華貴，講話輕聲細語，始終面帶微笑，很是親切。

我對母親之言，自是深信不疑，但對蔣公為何願意下榻於一位晉軍將領的住所，仍不免好奇，況且，又怕年事已高的母親記憶有誤，故曾上網搜尋了一番，果然查到有此記載。

父親在抗日戰爭初期，擔任第十九軍軍長，後又升任第十三集團軍總司令。在民國二十六年秋的晉北忻口戰役中，接下中央兵團總指揮一職，與衛立煌、李默庵、劉茂恩等名將率領的兵團，跟侵華日軍展開激戰。根據軍史記載，這場戰役我方先後投入戰場的有十六個師，傷亡固然慘重，而殲敵數萬，亦重創了日軍侵華的軍力。

父親一生戎馬，征戰無數，他所處的時代，正值國家多事之秋，內憂外患接踵而至，他無畏於作戰，卻怕身陷彈盡援絕的處境，因而多次對家母說：「我不怕打仗，就怕沒有援軍！」作為身經百戰的將領，這是經驗之談，但不幸的是，他的憂慮後來竟然成真！

在一九四九年國共內戰的最後階段，徐蚌會戰結束不久，被三十多萬共軍團團圍困的太原城，岌岌可危。父親時任第十兵團司令，兼太原守備司令，筆者同父異母的姐姐王瑞書被共軍派遣入城勸降，父親對她說：「妳革妳的命，我盡我的忠。」共軍最高指揮官徐向前亦修書勸降，父親回信大意說：「今生今世不知投降一詞為何意，如今除決一死戰，別無他話可言！」

太原在死守六個多月後，終於城破淪陷，父親被俘，兩年後病死於中共獄中。根據中國大陸二〇〇九年所攝製的紀錄片《決戰太原》報導，太原之役，是其所謂「解放戰爭」中，歷時最長、戰鬥最激烈、付出代價最大的攻堅之戰。

父親的事跡斑斑可考，就連大陸方面也未加磨滅，可是我們在台灣的一家人，卻被相關單位列管，半夜突來敲門的保安檢查，持續了二十多年之久，而且當年家姐赴美深造，若非請託長輩出面關照，出境證根本無法領得。最可悲的是，這麼些年來，此間提及太原保衛戰，只知有那些並非軍人的「太原五百完人」，卻絕口不提守城的七、八萬忠勇國軍，以及至死不降的守城最高軍事指揮官王靖國將軍。

由於兩岸的絕對隔絕，過去，我們對於父親的生死存亡，無從得知，二十幾年前，旅居美國的家姐獲知父親的最後遭遇，因怕母親難過，家人相約保密。其實，即使我們絕口不言，想來母親內心亦必有數。

三年前，從山西來的大陸訪賓送了我一本題為「王公館」的精美圖冊，我才曉得父親當年的寓所，已修舊如舊的被部分保留了下來，並被太原市政府列為名人故居，成為該市重點文物保護對象。從此，原本並無走訪山西計畫的我，就懷有了一個歸鄉之夢，雖說並無退休後葉落歸根的打算，卻很想探視一下父親的舊居，似乎，憑此就能與在天之靈的父親搭上了線。

日前我與內人應邀赴山西進行文化交流，隨團從南到北遍遊各地名勝古蹟，行程的最後一天，在大陸文化部、山西省政府文化廳、太原市文化局等多個單位代表的陪同下，我終於來到位於太原西華門六號的家父故居，儘管原有的三進院落只剩第一進，但宏偉的傳統建築風格、美輪美奐的室內設計，以及清幽雅致的庭院與魚池，仍令人目不暇給，當我看到四合院大門口所掛的木製對聯，更不禁悲從中來，為之潸然落淚。

此一對聯的上聯是「從文尊孔盡忠盡孝」，下聯為「習武奉關守義守節」，兩句話大致概括了父親赫赫不凡的一生，而字句中推崇他的忠、孝、節、義，難道不是蓋棺論定的給了他最公正的評價？如今，大陸能撇開歷史的恩怨，以及政治上的包袱，就事論事的還給父親一個應得的公道，不也正顯示了主事者的氣度與善意？

這次山西之行，算是歷經一甲子的歲月後，終於回到了自己的出生地，應算是不折不扣的「少小離家老大回」吧！十來天緊密的行程，壯遊五臺山佛寺、平遙古城、壺口瀑布、洪洞古槐、雲崗石窟等舉世聞名的勝地，看似蜻蜓點水，惟觸目所及，卻在在奪人心魂，讓人驚豔連連。

對筆者而言，歸鄉之夢已圓，能親眼目睹父親的故居在保存修護與經營管理方面，均有妥善的安排，很感欣慰，今後縱然山海阻隔，不可能常回太原探訪，但正如美國十九世紀詩人霍姆斯（Oliver Wendell Holmes）所寫：「家，是我們情繫之所，縱使人離開了，心卻不曾離開。」如此說來，我心已安，今後或可不必再像浪跡天涯的遊子，對故園有著無盡的牽掛！

有一個青年人，

要我寫幾個字給他作座右銘，

我寫了「實者慧」三個字。

——著名水墨畫家 李可染

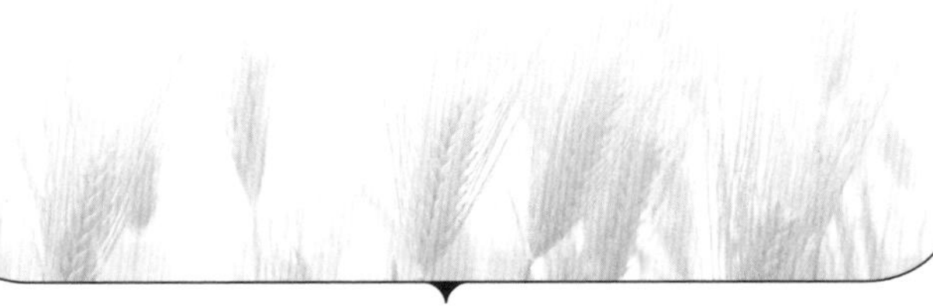

萬丈高樓何處起

朋友問我，在近現代水墨畫家中，有哪些人的作品在當前藝術市場中最受注目，我如數家珍般報出了幾位大師的名號，李可染是其中之一。

李氏過世於二十年前的一九八九年十二月五日，得年八十有二，不能算其壽不永，只因是心臟病突發倒下，消息傳來，當時台北藝文界無不深感意外。

李可染成名極早，惟其畫價不斷大幅攀升，卻是近十多年來的事兒，去歲，在北京的一場耀人耳目的春拍，李氏一張題名為《韶山》的四十年前舊作，居然拍出人民幣一千六百二十四萬元的佳績，此一折合台幣七千五百萬元的行情，為李氏個人畫作拍賣創下了新高紀錄。

藝壇人士本以為這已是現代水墨畫極為難能可貴的拍賣成績，孰知，日前在北京的另一場秋拍，更跌破了市場人士的眼鏡，在各方藏家競相出價之下，李可染的水墨巨作《長征》，最終以台幣四億九千萬元落槌，刷新了近現代水墨作品拍賣的紀錄，也令人聞之咋舌不已。

對此間一般民眾而言，所耳熟能詳的前輩水墨畫家，只有所謂渡海三家的張大千、溥心畬、黃君璧等人，至於卜居北京的李可染，究竟是何許人也，作品風格如何，市場行情又是如何，大家可能就不是那麼關心了。

我對李可染的創作生涯，略知一二，倒不是因為有緣收藏到他的墨寶，而是因為自己五十歲後，重作馮婦，又進入美術研究所做老學生時，涉獵過李氏的畫論，對他一生抱持「用最大的功力打進去，用最大的勇氣打出來」的精神，在藝術道路上奮力劈荊斬棘地開創自己繪畫風格的故事，一向佩服得五體投地。

人盡皆知，李可染喜歡牛，也擅於畫牛。他筆下的牛配以牧童、秋景，或行或臥，無論造型、比例、動態，都能把牛的樸拙、勤勞、馴良，表現得唯妙唯肖，非常親切有味。像其名作《霜葉紅於二月花》、《秋風吹下紅雨來》等，往往都是許多相關畫冊中必錄之圖。事實上，單從李氏將自己的畫室取名為「師牛堂」，強調他以牛為師，就不難知他對牛的好感與肯定，何其執著。

這種對牛的情有獨鍾，自然有其根源。根據李可染自己的說法，一九四二年抗戰期間，他住在重慶西郊金剛坡下一位農民家裡，住房緊挨著牛棚，和一隻水牛朝夕見面。水牛白天出去耕地、拉車，到了晚上吃草、喘氣、反芻、蹭癢、喝水等，李氏無不聽得一清二楚，日久天長，自然會對牛有一種特殊的感情，以其入畫，固然無足為奇，而他本人那種像牛一樣篤實、勤奮的個性與人格特質，亦在在表現於其創作之中。

舉例來說，李可染雖是名滿天下的大畫家，但他平日言談謦欬，處處表現得虛懷若谷，好學不倦。讀過《李可染畫論》的人，一定記得內中記載著這麼一件趣事，很可以看出李氏對水墨創作基本功的重視，以及他做人的謙和有禮。

有一天，李可染到在北京郊區香山寫生，正在畫一棵樹時，來了一位青年人，聚精會神地觀看李氏一筆一筆描繪眼前的楓樹。看了一陣子，就開口對李可染說：「老伯伯頭髮都花白了，怎麼還在練基本功呢？」李可染聽了不以為忤，當下心平氣和地回說：「沒有學好嘛！所以非得練基本功！」

李可染在書中提到，他的頭髮雖已斑白，年歲也已大了，然而，在學國畫上，他還是一名求知若渴的小學生，因而特請名家刻了一方印章，印文為「白髮學童」，意指人活在世上，本應以學無止境的態度，不斷自我惕厲，力求精進。李氏過了七十歲，自己又親手刻了一方閒章，印文是「七十始知己無知」，他以極謙虛的態度反躬自省，寫下「做一輩子基本功」的傳世名言。

不消說，所謂基本功，正是一切行業發展的根本與起點，我們看一看練武的人天天打同一套拳、唱戲的人天天吊嗓子、跳舞選手天天做基礎動作，基本功的重要，也就思過半矣。

再說李可染一事，以印證其所提倡的創作態度。有一個年輕人求見李氏，要大師寫幾個字給他當座右銘，李可染寫了「實者慧」三個字，意為要想有所長進，得到智慧，沒有其他竅門，只有老老實實做人、踏踏實實做學問一途。

李可染的畫作賣到天價，這是藝壇人人心羨的萬丈高樓，但我們必須想到，這座仰之彌高、光芒四射的藝術殿堂，可是一磚一瓦、日日夜夜做基本功所搭建起的！

要想有所長進，得到智慧，沒有其他竅門，只有老老實實做人、踏踏實實做學問一途。（陳輝明／攝）

有些人進入我們的生命，

又匆匆離去；

有些人停留了一陣子，

在我們的心上留下足跡，

使我們得以脫胎換骨。

——美國女作家 韋登

Some people come into our lives

and quickly go. Some stay for a while,

leave footprints on our hearts,

and we are never, ever the same.

漓江歸來

前不久有大陸廣西之行，短短十天，行色匆匆地走過南寧、柳州與桂林三個歷史名城，儘管說是做一名走馬看花的過客，而觸目所及的山水美景，已足以讓人在心版上留下永難磨滅的印記，不消說，其中尤以擁有漓江的桂林，最教人不勝眷戀與憶念。

漓江的美，古往今來已有無數騷人墨客讚美過、歌頌過、感嘆過，但不知又有多少人能把心中的美感經驗曲盡其意地完全表達出來？停留桂林期間，我曾抽空一逛當地的新華書店，翻到一本厚達五六百頁的桂林詩歌集，內中所收古今名人以桂林山水為題的作品，著實可觀，由此亦可見出，有「桂林山水甲天下」之稱的此一勝地，絕非浪得虛名。

桂林的美，當非三言兩語可以道盡，然而，被選入大陸中學課本內的現代詩〈桂林山水歌〉，不僅是許多對岸年輕人都能朗朗上口的作品，也是公認描繪桂林山水詩文中的壓卷之作。凡是讀過此詩的人，無論以前是否來過桂林，無不被作者豐富的想像、奔放的熱情與奇幻的用語所深深感動。

此詩是老作家賀敬之四十年前的成名之作，這回我在遊漓江的船上，眺望著拔地而起、千姿百態的眾多奇峰，正感目眩神搖之際，突然聽見同行的一名大陸女記者低聲吟誦起賀氏這篇傳世名作：「雲中的神呵，霧中的仙，神姿仙態桂林的山！情一樣深呵，夢一樣美，如情似夢漓江的水！水幾重呵，山幾重？水繞山環桂林城……」心潮不禁為之起伏不已，剎那間，自己像是已醉倒在漓江溫柔的碧波裡，人世間所有的紛紛擾擾頓時消融於無形。

漓江的水，流速雖緩，卻是又清又綠，當你凝視著「清風徐來，水波不興」的靜謐江面，難保不會興起一股莫名的衝動，極想化作一條游魚，永遠自由自在地浮潛在無風無浪的江水之中，抑或就像徐志摩於〈再別康橋〉中所寫那樣：「在康橋的柔波裡，我甘心做一條水草！」換言之，此身若化作漓江中的水草，就可以朝朝暮暮迎接著來自貓兒山的源頭活水。

當然，說要化身為魚兒或水草，只是一種癡人說夢的想像，一種類似莊子「知魚之樂」的感喟，此生斷無可能真正實現，來世恐亦渺不可期。說來，較可能做到的，不過是下定決心，排除萬難，常來桂林尋幽訪勝，如此也就不負此間的一片好山好水了。

所謂排除萬難，倒非浮誇之語，因為環顧我們自己周遭，哪個人不是百事纏身，心為形役？這回我決定排開其他一切行程，毅然應邀參加大陸文化部門精心安排的「情繫八桂」文化交流活動，內心中還真有過一番掙扎。然而，相較於同行一名來自北京的女記者透露之事，我卻有自嘆弗如之感！

她在遊江的船上告訴我，有一次她出差天津，任務完成後身心俱疲，但不知怎的，卻有一股突如其來的衝動，想去遠方觀海，於是，她就單身一人連續駕車八小時，一口氣奔馳了九百多公里的高速公路，經過濟南到了煙台海邊。當她慵懶放鬆地躺在度假區的海灘，耳聞浪花相逐的天籟，仰望著夜空中滿天的星斗，讓習習的海風拂面之時，心中真有一種說不出的滿足與快慰，所有出差的疲勞、長途開車的辛苦、獨來獨往的孤寂，一時之間，都獲得了最大的補償。

聽了她此番現身說法的表白，我忍不住對她說：「我好佩服妳！」事後，我把這段故事轉述給隨行的同事翔筑聽，他竟驚詫得一時說不出話來，因為，我們雖然都自認是愛海之人，但絕不會費這麼大的勁兒，飛車千里去跟大海敘舊！

桂林之行，非但讓我親睹漓江的廬山真面目，領受絕世的大自然之美，更重要的是，有幸結識了一些原本無緣邂逅的朋友，了解他們的人生、他們的故事，使我對彼岸的種種有了新的感受與體悟。

桂林之行，也再次印證了美國女作家韋登（Flavia Weedn）的經典之言：「有些人進入我們的生命，又匆匆離去；有些人停留了一陣子，在我們的心上留下足跡，使我們得以脫胎換骨。」

對此我深有同感，亦即，你我只要在世一天，就應珍惜那些在自己心中留下足跡的朋友，因為他們是我們生命中的貴人，他們的出現，一如我們面對漓江的如斯美景，不論何等短暫，都一定會豐富我們生命的色彩，甚至提升我們生命的質量！

灕江山水相依的勝景永遠讓人憶念！（莊翔筑／攝）

在說與做之間，多少鞋已被穿破。

——英國哲學家 艾瑞絲梅鐸

Between saying and doing, many a pair of shoes is worn out.

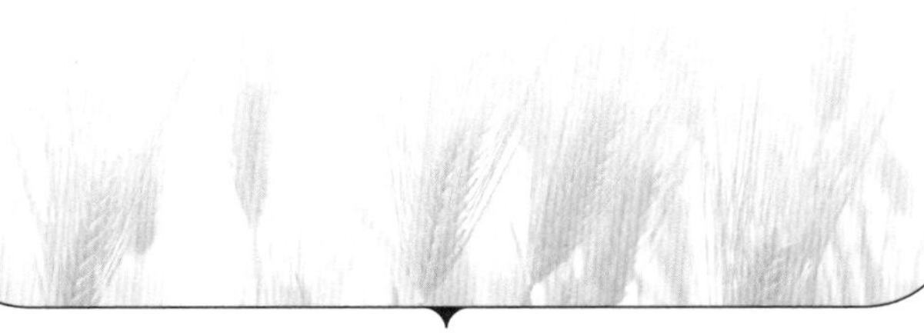

鞋子人生

凡是關心服飾潮流與動態的人，最近都可能注意到兩則跟鞋子有關的國際趣聞，其一是英國倫敦著名的塞爾佛奇百貨商場（Selfridges），以「鞋子美術館」（The Shoe Galleries）為名，開了一間號稱全世界最大的鞋店，佔地三萬五千平方英呎，陳列及庫藏有一百五十個品牌的十萬雙鞋。只要你肯移駕踏入此店，各式各樣令人驚豔的平價鞋或高檔鞋，保準不會教你空手而歸。而即使你阮囊羞澀，單是走馬看花地觀賞眾多推陳出新的鞋款，以及展場中引人入勝的陳列設計，也就不虛此行了。

此則新聞，對全世界的鞋迷都可說是一大福音，從此，只要有意添購新鞋，遠征一趟倫敦，必能滿載而歸。然而，另一則新聞給人的感受，就相當兩極了，至少所有的鞋子設計師、鞋廠老闆，以及各地鞋店的經營者，未見得笑得出來。

這則新聞談的是，貴為億萬富翁的紐約市長彭博，平日節儉成性，上班穿的皮鞋，一共只有兩雙，每天輪流換穿，一旦鞋底快要磨平，就送修換底。兩雙輪流亮相的鞋子，雖都算系出名門，可是皆已服役十年之久，至今尚未能功成身退。

彭博擔任紐約市長已達八年，年薪僅取一美元，完全是打白工的奉獻性質。若說節儉是一種美德，其自奉之儉，能說不是世人的表率嗎？彭博的財產總值，根據美國《財富》雜誌報導，不下美金一百八十億，有錢如斯，何患無眾多名鞋可穿，但其辦公室的發言人對外釋疑道，市長覺得舊鞋穿起來既合腳又舒服，目前還沒必要汰舊換新。

與彭博市長的作風大相逕庭者，是菲律賓前第一夫人伊美黛，當年新聞界說她擁有三千雙女鞋，她竟大言不慚地加以反駁，強調那是言過其實的謠言，她僅僅擁有一千零六十雙鞋而已。不過，就算只有此數，若是照彭博隔天一換的做法，伊美黛全部的鞋要輪穿一回，也需三年之久，由此亦可看出其生活之奢靡！

彭博財力雄厚，連市長的高薪都不屑一顧，足見其並非吝嗇之輩，至於他不願把金錢與心思花在無謂的打扮之上，說來也是一種實事求是的生活方式，更是一種知足常樂的人生態度。這教人不禁想起美國當代作家藍姆（Wally Lamb）在小說中所說：「我哭喊著無鞋可穿，卻遇到一個失去腳的人。」人生慾壑難填，一個人不管多麼一帆風順，是不是永遠都應心存一點「比上不足、比下有餘」的惜福之念？

以上兩則有關鞋子的國際新聞，旨趣顯然南轅北轍，簡言之，一是鼓勵鞋履的消費，另一是推崇富而不奢的生活態度，但也共同呈現了一個事實，那就是鞋子是我們生活中不可或缺的必需品。自古到今，它所象徵的，每每是一種財富、地位，或是一個人的審美品味、個性與風格。在古希臘，鞋子更代表著自由與奴役之別，彼時希臘的自由人，不敢隨便打赤腳上街，害怕被人當成了無鞋可穿的奴隸。

時至今日，鞋子的重要性並未稍減，就由我們打量一個人的穿著，往往是「從頭到腳」一端而言，就知其輕重了。無怪乎早已滲透人間冷暖的美國暢銷書作家柯斯羅（Brian Koslow）要諄諄告誡世人：「一定要穿一雙好鞋出門，因為人們會注意及此。」須知，紐約市長彭博固然只有兩雙上班鞋，但它們也都是叫得出名號的中高價位之物。

對大多數人而言，人生實在有太多事值得關注，鞋子不會是人生舞台上的要角，抑或重要布景、道具。儘管如此，在任何人的記憶中，不可能忘記童話故事《仙履奇緣》中，有一隻玻璃舞鞋，讓身世淒零的灰姑娘被王子認出本尊，終能飛上枝頭，由麻雀變成鳳凰。人們也不會忘記在歷史故事中，張良落難，在橋上邂逅隱士黃石公，因肯折節下橋撿起長者故意拋落的鞋子，被對方認為孺子可教，授以《太公兵法》，他遂能協助劉邦一統天下，開創漢室不朽的基業。

當然，我們也應銘記英國二十世紀國寶級哲學家艾瑞絲梅鐸（Iris Murdoch）的名言：「在說與做之間，多少鞋已被穿破。」她以極生動的比喻，提醒世人不要徒託空言，疏於付諸行動，而任令歲月蹉跎，一事無成。

總之，任何人來到世間，就註定要跟鞋子結下不解之緣，也就是說，不管你行腳何方，鞋子一定會忠心追隨，見證你的際遇、你的苦樂，甚至是你的祕密。而且，鞋子不會居功，不會抱怨，一朝破舊或失寵，就認命地隨緣退下。它們永遠被主人踩在腳下，默默地忍辱負重。

鞋子雖然被視為無生命之物，但是，貴為萬物之靈的人們，依然可以從它的存在，以及它所扮演勞碌一生的角色，體悟出若干處世的哲理！

如果只徒託空言，疏於付諸行動，將令歲月蹉跎，一事無成。

如果我們愛自己的國家，

我們就應該也愛自己的同胞。

——美國總統　雷根

If we love our country,

we should also love our countrymen.

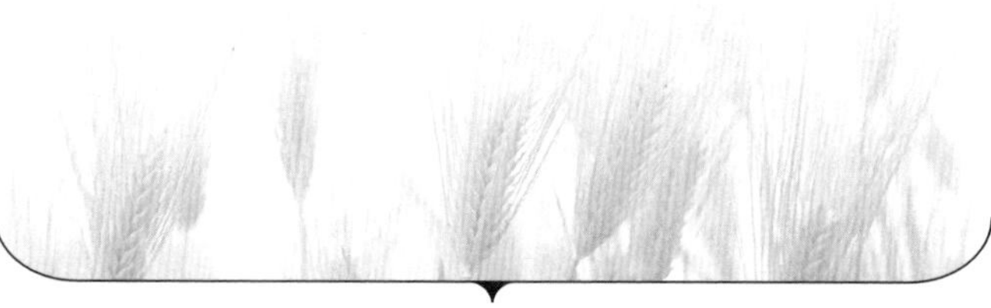

懷念一位美國總統

這些年來，每逢六月，在我心頭都不免閃過美國總統雷根的身影，不僅是因為這位深受美國人民愛戴的民主國家領袖，就是以九十三歲的高齡逝世於二〇〇四年的六月天，更是因為二三十年前我在華府唸書時，幾乎天天都可在電視上看到當時白宮主人雷根總統的新聞。對他那種親切、誠懇、給人安心與信賴的笑容，有著無以復加的好感。

今年二月間適逢雷根的百歲冥誕，美國各地都有不少紀念活動，民意測驗公司蓋洛普的民調顯示，雷根是美國立國以來最受歡迎的總統，至於一百多年前主張解放黑奴的美國第十六任總統林肯，屈居第二，再來則是柯林頓、甘迺迪、華盛頓、小羅斯福等人。

對我們國人而言，雷根的大名，固然如雷貫耳，但他究竟有何魅力能令美國人民如此肯定他、懷念他，就未見得是那樣耳熟能詳了。大家可能最記得的一件事，就是他在一九八一年二月遇到槍擊，被火速送到醫院救治，在急診室裡面對心急如焚的妻子南施，竟還開玩笑似的說：「親愛的，我忘記閃躲了！」

最妙的是，當雷根躺在開刀房的手術檯時，仍幽默地對醫療團隊說：「我希望你們全都是共和黨員！」這種處變不驚、置生死於不顧的鎮定表現，數天下領袖級人物中，又有幾人能夠做到！

雷根出身於好萊塢，先後拍過五十部電影，他的棄影從政，踏出原本人生可能的格局，並在一九八〇年以六十九歲高齡在總統大選中勝出，四年後的一九八四年再接再厲，更以壓倒性的勝利擊敗對手孟岱爾，在在為美國的民主發展史寫下難以磨滅的一頁。

雷根入主白宮後，極力呼籲美國朝野重拾純樸時代的傳統價值，他的樂觀進取、凡事正向思考的人格特質，深深感動了無數美國民眾，也激發了民眾愛國的情操。任何人只要讀過他在一九九四年對外宣布自己得了「老年癡呆症」的親筆信，一定依然可以感受出他的樂觀信念。

這封信中最感人肺腑的字句是：「現在我已踏上引領我走入生命黃昏的旅程。我深知，對美國而言，前途永遠會有一個光明的黎明。」字裡行間沒有遺憾，沒有怨懟，所透露的只是對生命的了悟，以及對國運的信心。

雷根過世後，夫人南施對外界透露，雷根是一個永遠抱持樂觀態度的人，遇事只看正面，不看負面，此一處世態度跟其信仰大有關係，事實上，他在搭飛機旅行時常常低首默禱，祈求上主保佑。

確實，雷根是一名宗教情懷很深的人，所以他會說出「在聖經裡面，可以找到人類所面臨一切問題的答案」、「沒有上帝，民主不會也不可能長存」之類的話語。

美國前紅十字總會會長杜爾夫人在其著作中提到一件事，可以看出雷根的信仰何等堅定。她說，她在擔任白宮聯絡官時，有一次有機會請教雷根：「總統先生，您的肩膀擔負著千鈞重擔，可是，不管什麼時候您都表現得如此和藹可親、從容不迫，您是怎麼做到的？」

雷根回應說：「妳知道，我在當加州州長時，每天一大早，就有人站在我辦公桌前，向我報告又發生了什麼災難，那種壓力簡直教你無法承受。我總有股衝動想回過頭，找個人把問題丟給他。有一天，我才領悟到我找錯了方向，我該向上看，而非向後看，而如今我依然向上看。若是我不懂得我可以求助於上帝，而且會有求必應的話，那麼，我就一天都做不下去了！」

除了他的信仰外，雷根還有一樣讓世界其他政治領袖瞠乎其後的人格特質，那就是他那種常令人發出會心一笑的幽默感。隨手拈來幾句他的名言，我們就可看出他的睿智與機智：「我注意到，每一位贊成墮胎的人，自己都已出生」、「我從不在中午喝咖啡，我發現咖啡會讓我下午清醒」、「我不曉得有誰能在政界討生活，如果他沒有當過演員的話」、「今晚是很特殊的一晚，雖然就我的年紀而言，每一晚都是特殊的。」

我讀過不少雷根的語錄，其中最深得我心的一句話是：「如果我們愛自己的國家，我們就應該也愛自己的同胞。」此時此刻念及他這句鼓舞過無數美國男女的名言，想想現今我們台灣政治對立的方興未艾，不禁更讓人懷念起這位多年前已走入歷史的美國總統！

要抱持樂觀態度，凡事只看正面，不看負面。（陳懿文／攝）

若是你這一生能擁有愛情，

那就足以彌補諸多缺憾；

若是不能擁有愛情，

不管你擁有什麼，都嫌不夠。

——美國專欄作家 安蘭德斯

If you have love in your life it can make up for a great many things you lack.
If you don't have it, no matter what else there is, it's not enough.

鐵達尼號上的樂師

週末，經典名片《鐵達尼號》在電視頻道上一連重播了好幾回，儘管筆者的生活腳步踉蹌如斯，還是抽空有一搭沒一搭地重溫了該片不少感人肺腑的精彩片段。其實，這也是在家看電視的好處，可以讓你好整以暇地或坐或臥、來回走動，甚至一心多用。

片中男女主角凱特溫斯蕾與李奧納多的演技無懈可擊，幾場愛情對手戲演來恰如其分，演活了一對一見鍾情的戀人在面對大難臨頭時那種不棄不離、無怨無悔的堅持，也讓人再次體會生命有時而盡、愛情終能不朽的哲理。

說實在的，世人俯仰於滾滾紅塵中，縱然自身在感情的道路平淡一生，也沒有什麼不凡的誓約足以告慰平生，但在潛意識中，對刻骨銘心的愛情又有誰不嚮往、誰不憧憬？電影《鐵達尼號》在一九九七年之所以能奪得奧斯卡最佳影片、最佳導演等十一項大獎，原因之一，正是人們可從這個以真實船難為背景的愛情悲劇故事中，獲得最大的心靈補償與滿足。

勇於為愛犧牲，是人類最難能可貴的情操，因此，一個人一生不管有多少想望，若能成就愛情一端，也就無負此生了。愛情重要如此，無怪乎美國家喻戶曉的專欄作家安蘭德斯（Ann Landers）會如此說：「若是你這一生能擁有愛情，那就足以彌補諸多缺憾；若是不能擁有愛情，不管你擁有什麼，都嫌不夠。」

再度欣賞電影《鐵達尼號》，感人處依然教人落淚，也不止是男女主角在逃命時生離死別的場景，對熱愛此片的觀眾而言，同樣令人鼻酸的一幕是，船身傾斜之刻，一票樂手在其領班哈特利（Wallace Hartley）指揮下，為了撫慰人心，不顧自身安危，堅守崗位，演奏出那首曲名為《與主接近》的聖樂，讓慌亂無助的人們耳聞悠揚的天韻升起，頓時安定下來，一心仰望天主的接引。

片中的男女主角傑克與蘿絲，乃是劇作家筆下虛構的人物，當然不會登錄於鐵達尼號的真正乘客名單中，至於樂師哈特利以及其臨危不亂的傑出表現，卻是真人實事。哈氏是英國人，自幼習琴，以演奏小提琴為業，因剛訂婚，對應邀到鐵達尼號擔任首航之旅的樂隊領班，原感躊躇，後考慮一旦成家後的生計，才勉強應允，未料此去幽明異路，再也無法與情人廝守。

鐵達尼號上為頭等艙客人用餐及跳舞時伴奏的樂手，一共八名，無人倖免於難。根據研究海難者的查證，哈特利在遊輪即將沉沒之際帶領同事所演奏的《與主接近》，應是他自己生前最喜歡的曲目之一，他常說有一天在自己的告別式中，伴奏曲非它莫屬，親友如其所願，在千人送葬的盛大喪禮中，即以演奏此曲為他送行。

世人觀看電影《鐵達尼號》，所見證的不僅是跨越貧富、階級等世俗藩籬的偉大愛情故事，體認「生命誠可貴，愛情價更高」的真諦，而且也見證了人類另一種可貴情操，那就是「臨難毋苟免」的堅定生命信念。

如果愛情只不過是一種幻覺，

那麼還有什麼是真的？

——法國俗諺

Si l'amour n'est qu'une illusion,

alors qu'est-ce que la réalité?

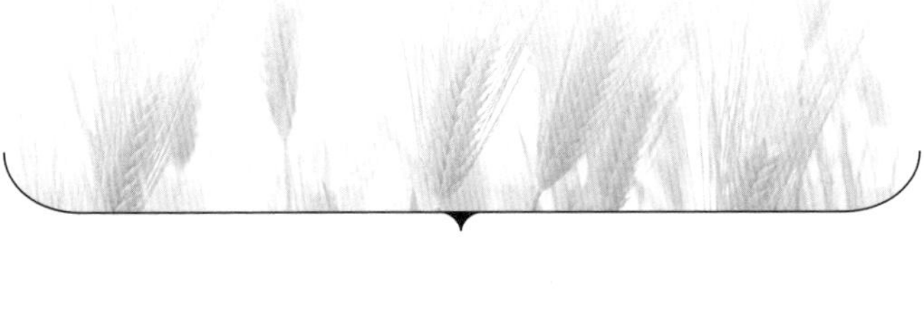

讀《刺鳥》有感

月前，世界著名小說《刺鳥》（*The Thorn Birds*）的作者馬嘉露（Colleen McCullough），因病在澳洲的諾福克島辭世，消息傳出，國內多家報刊也在第一時間引用外電，以相當的篇幅加以報導，引發了不少回響。或許，對諸多國人來說，這位澳洲籍女士，只不過是一名才華橫溢的暢銷書作者，一位很會說愛情故事的人，一個透過其作品感動過萬千人心的小說家而已，但對筆者個人而言，卻另有更深一層的連結。

其實，馬嘉露原來的本業，並非寫作，而是一位學有專精的神經生理學家。她以業餘時間從事創作，一生計完成二十五本小說，其中最為人所知的，當推她在一九七七年出版的長篇巨著《刺鳥》，此書名列《紐約時報》暢銷書排行榜長達一年之久，先後被譯成二十餘國語言，全球發行量超過三千萬冊。

好萊塢華納兄弟公司看好其市場，將它拍成電視迷你劇集，一九八三年三月間在「美國廣播公司」頻道首播。彼時，筆者正在華府喬治城大學進修，異鄉羈旅，生活上諸多不便，再加上課業繁重，非日夜苦讀難以招架，心情之苦悶可說無以復加，而由於同學的走告鼓吹，我硬是抽空苦中作樂，把此一長達十小時、分成五次播出的劇集，按時守在電視前面看完，給了我極大的安慰。

惟我仍意猶未盡，該年暑假一到，我立即跑到書店捧回一本《刺鳥》原書。長達六九二頁的平裝本，竟讓我愛不釋手到廢寢忘食，只花了幾天的工夫，就一口氣把它讀完，直到今天，這本書還像一件伴隨著我走過那段歲月的紀念物一樣，擺在家中書架上的最顯眼處。

只要是翻過此書的讀者，不可能略過那令人極為動容的「卷首語」，其大意是：傳說中有一種鳥，一生中只唱一回歌，而這天上人間唯一一次的美妙歌聲，就是在牠尋覓到一棵有刺的樹，讓最長的那根刺扎進自己胸口時，所吐露出的清音。當一曲終了，亦就魂飛命絕，故說世間最美好的事物，往往是以最不可承受之痛，所換取來的。

馬嘉露這一段有如寓言故事般的開場白，就像先知之言，預示了小說中男女主角的坎坷苦戀，以及天違人願，兩人在情海中飄泊一世，最後終究無法廝守的不幸結局。這本被譽為可與美國經典名著《飄》（*Gone with the Wind*）等量齊觀之作，對人物個性刻畫與心理描繪，著墨甚深，且極具人性的關懷，讓讀者對世間癡情男女掙扎於理智與情慾之間的那種煎熬苦痛，頗能感同身受，進而寄以無限同情。

這兒所謂人性的關懷，應是每一位心靈敏銳的人，在披閱此書時，於字裡行間必能有所體會到的。舉例來說，男主角一生的志業，就是當一名為天主奉獻一切的神父，卻仍抵不住情慾的誘惑，打破守貞的戒律。當他悔恨交加的撲倒在其導師紅衣大主教的面前，聲聲告罪時，對方和顏悅色表示，既不感到震驚，也不對他失望，而希望他引以為戒，把此事看成人生中的一大教訓。

這位大主教對男主角開示說，他要謙虛的認清，自己來到世間，先是做一名男人，然後才成為一名教士，所以不應太過心高氣傲，始終認為自己高人一等，與凡夫俗子大有不同，亦即他必須學會了解自己，原諒自己，也要真誠懺悔，如此才可能蒙受天主的寬恕。

這一席不帶任何苛責的訓勉，不僅讓男主角感到既寬慰又慚愧，而身為讀者的你我，讀到此處，對作者馬嘉露女士藉大主教之口，說出這一番句句契合人性、載情載理的平實語言，又豈能不感動不已？

情關難過，深情難捨，此是不折不扣的人性，小說中所提到的刺鳥，只不過是影射真實世界中「直教人死生相許」的愛情觀而已。然而，此一擬人化的文學表現方式，亦非馬嘉露所獨創。

舉凡讀過英國十九世紀唯美主義文學家王爾德（Oscar Wilde）所寫《夜鶯與玫瑰》的人，一定記得那一隻歌聲甜美的夜鶯，為了讓自己所愛慕的年輕人取得一朵紅玫瑰，來討好其心上人，不惜以胸脯緊緊抵住一朵白玫瑰的花刺，用鮮血將白花染紅。此一短篇故事的內容，何等淒美，與馬嘉露所說的刺鳥傳說，是否也有差堪比擬之處？

易言之，牠們都選擇了以刺扎胸的方法，了斷自己寶貴的生命。而筆者之所以將其相提並論，並不在於強調，你我可從馬嘉露的小說中，讀到王爾德的身影，而是說，我們可在此書中，再一次感受世人「情在不能醒」的癡愚，以及情到深處的悲壯！

說實在的，在現今的社會裡，人心情慾的流轉，何曾稍歇？那種地老天荒、永不變易的愛情，儘管可遇而不可求，又何曾不是世間無數癡情男女心之所嚮？想來，這也就是為何《刺鳥》一書的銷售，能歷久不衰的關鍵，因為，它有力的填補了人們在現實生活中心靈上的一大缺口。

這一次，因馬嘉露的噩耗，我再度從書架上取下《刺鳥》，摩娑再三，不由想起法文俗諺中有這樣一句話：「如果愛情只不過是一種幻覺，那麼還有什麼是真的？」思之無解，卻令人低回往復，心緒翻飛！

我想就算有一天你不認識我是誰，

而你仍然知道我是愛你的。

——影片《我想念我自己》

I think that even if you don't know who I am someday, you'll still know that I love you.

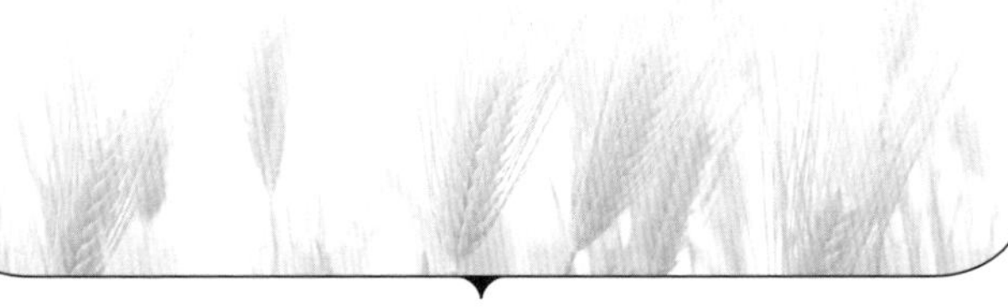

蝴蝶人生

筆者打從公部門正式退下來，已數易寒暑，但這些時日，應邀出任政府招標案評審委員的工作，月有數起，所以也不算真正投閒置散，無所事事。而每一次若是在桃園地區開會，我就會順便約一位訂交三十多年的老友小聚。

我這朋友是不折不扣的孝行楷模，絕對稱得上為「今之古人」。他在退休之後，並未隨即搬回美西舊金山，跟一直卜居當地的妻女團聚，卻甘願留在台灣，全心全意與外傭聯手照顧已失智多年的老母親。

我們意氣相投，兩人每回聚首，自是天南地北，無所不談，且幾乎無一次例外，我必定會問起他那長期臥病在床的高堂。老人家病況不輕，失能、失語、失憶不算，還做了氣切、胃造口等侵入性治療，需要有人二十四小時全天候在旁守護與照顧。

人們或許也知道，失智症可說是一種漸進式的退化，目前的醫學尚無法讓其逆轉，只能延緩其惡化而已。根據「世界衛生組織」資料顯示，全球約有四千七百五十萬名失智者，而全台也有近二十四萬人身受其苦，是咱們台灣總人口數的百分之一，令人聞之色變，深怕有一天失智症也會悄悄找上門來。

我非醫生，惟對失智症略知一二，原因是我摯愛的母親晚年失智，我一直很自責自己未能及早發現，以致延誤了送她就醫的時程。事實上，失智不是一天造成的，症狀也非一下子就嚴重到不行，世上大概也沒有人真正會是一覺醒來，就變成失智族的成員。

如今回想起來，家母的失智早有癥候。猶記，有一次我回舊家探視她，跟往常一樣，她從枕頭下掏出一疊鈔票及一本郵局的存摺，交代我替她存錢，還特別強調那是三千塊錢。我愣了一下，數了數鈔票，發現竟有三萬之多，於是就跟她開玩笑說：「妳瞧，妳給了我三萬塊啊，怎麼只替妳跑跑腿，就打賞我兩萬七呢？」母親聽了，只赧然地笑了笑，沒多說些什麼。

對於此一過往的插曲，至今我仍能歷歷如昨的記得那麼真切，原因是在那當下，胸口直如中箭般，感到一陣抽搐與難過，內心中真希望母親只是一時糊塗了，並不代表她腦筋已然退化。假若那時我就聯想到這可能是失智症的前兆，說什麼我也要陪她前往大醫院做一番檢查不可。

相較於上一代，現今世人對失智症的警覺心，顯已大為提高。二〇一四年好萊塢所拍攝有關失智症的電影《我想念我自己》（*Still Alice*）中，描述一位學術地位崇高、家庭幸福美滿的學者，發現自己在演講時失語、在慢跑時失去方向，驚慌之下，二話不說，立即就醫，被診斷出患了早發性「阿茲海默症」（Alzheimer's disease，失智症的一種），一步步走向失智的過程。而主演這部電影的女星茱莉安摩爾（Julianne Moore），也因細膩生動、無懈可擊的精湛演技，橫掃影壇，一舉奪得包括「美國影藝學院」在內的多項重要影展最佳女主角獎。

當她每一次在領獎時，都會疾聲呼籲世人要多了解失智者所受的苦難，不能讓患者及家屬備感孤立無援。此外，她也強調，身為一名演員，對於所主演的電影，除了提供娛樂外，還能體現人生其他生命價值，很感欣慰。

說起來，我可是茱莉安摩爾這位演技派巨星的忠實影迷，年初，經由電視實況轉播，觀看她手捧著奧斯卡小金人，站在台上致詞時說出一番語重心長的話，不禁對她益加佩服起來。

她是這樣說的：「世上有這麼多罹患此病的人，感到被孤立，被邊緣化，而電影的妙處，就在讓我們感到受人關注，不再孤獨。世間為阿茲海默症所苦的人，理應被人關注，唯獨如此，我們才能找到治療的方法。」

《我想念我自己》這部片子之所以能觸動人心，叫好叫座，正因為它能把一名失智者的人生困境及心路歷程，刻劃入微，鮮活呈現在觀眾面前，故在世界各地上演時，不僅佳評如潮，也引發人們熱烈討論。

特別是針對該片接近尾聲的一幕，各界迴響尤多。片中，做女兒的唸了一長串文字後，想試探失智母親的反應，就詢問其感想，女主角遲疑了一下，才從口中勉強擠出了一個「愛」字，似乎顯示出，她的心智雖不聽使喚，但她仍試圖跟過去的自己，以及跟她所信守的生命價值，有所聯結！

人們觀看這樣一部探索失智症的電影，心中很可能五味雜陳，並不好受，但無論如何，我們除了要以片中女主角的故事為借鏡，提醒自己要珍惜生命、活在當下之外，也應對那些靈魂被禁錮、記憶被鎖死、身心受摧殘的失智者，寄以無限的同情與關愛。

對於曾陪伴失智母親走向人生終點的筆者來說，我頗能認同此片所印證的生命意義，譬如，以蝴蝶比擬失智者，強調的是，蝴蝶生命雖然短暫，卻有美麗的一生。再如，女兒對失智的母親說：「我想就算有一天你不認識我是誰，而你仍然知道我是愛你的。」這樣一句母女之間的深情私語，恐怕也是所有失智者親人共同的心聲與隱痛吧！

記得，家母當年嚴重失智時，我也曾坐在床沿，俯身在她耳邊輕聲問她知不知道我是誰，見她面無表情，眼神中流露出一付茫然困惑的樣子，就馬上安慰她說：「媽咪，沒關係啦，妳不認得我，而我卻會永遠認得妳！」

換言之，那一份永不止歇的愛，並未因失智症而停止流轉……

唯有在你長大成人，得以退後一步看他，
或是在自己離他而去，成家立業之後，
你這才能體認到父親的偉大，因而感念不已。
——美國作家 杜魯門

It's only when you grow up, and step back from him,
or leave him for your own career and your own home
— it's only then that you can measure his greatness
and fully appreciate it.

二十一聲「麻雀」

日前，一位藝壇朋友以手機連發數通簡訊提醒我，近代國畫大師傅抱石的女兒傅益瑤女士，首度訪台，停留期間將以旅日畫家的身分，在台師大校園內的「文薈廳」發表一場演講，介紹她父親的畫技與藝術成就，亦將談及其父待人處世的理念。

人盡皆知，傅抱石可是二十世紀具有舉足輕重影響力的大畫家。他一生致力於水墨畫的革新，所帶領開創的「新金陵畫派」，不知啟發了多少年輕藝術家的心靈，也為後繼者點燃了藝術之路的火炬。

近年來，傅抱石的畫作在藝術市場上，可謂火火紅紅，屢創佳績。二〇〇九年香港「佳士得」秋季拍賣，他的《杜甫詩意圖》，以六千萬港幣成交，已讓人聞之大為驚嘆，孰料翌年秋拍，代表之作《琵琶行》，續以七千多萬港幣的天價落槌，一時之間，更是傳為美談。

這次有機會聆聽傅抱石的愛女現身說法，講述親炙一代巨匠的過往，何其難得，自不能輕易錯過。而抱此想法者，顯然大有人在，竟把會場擠得水洩不通，不僅座無虛席，就連走道也站滿了渴望一探究竟的熱情觀眾。

傅益瑤是大陸改革開放後，第一位選派到東瀛學習美術的留學生，家學淵源，再加上數十年來浸淫於藝術研究與創作，講起其父的畫藝頗能深入淺出，引人入勝，特別是她談到當年父女互動，以及傅大師如何調教兒女的往事，尤教人聽得津津有味，受益匪淺。

舉例來說，傅益瑤談到其父非常重視對兒女的身教、言教，平日在家裡跟孩子們談天說地，每每「把要旨落到立志與勵志這個刀刃上」。有一回傅益瑤問父親「閒雲野鶴」一詞的真意，獲得的回答令她終生難忘。這也就是說，傅抱石並未隨意敷衍兩句，直言此詞只不過是用來比喻來去自如、無所羈絆之人。而是引經據典，正經八百的細細解說，另還引用了明代文學家唐伯虎的詩句：「籠雞有食湯鍋近，野鶴無糧天地寬」，藉以告誡兒女：人生在世，絕不可好逸惡勞，只圖物質生活的舒適，而應效法野鶴寧願挨餓受凍，也要活得自由自在的精神，奮力追求自己的理想。

傅益瑤說，她對父親這番諄諄教誨，一生奉行無違，即使在她後來的年月中，生活上遇有特殊困難，或在人生何去何從，必須有所抉擇時，最後她總是採用了「野鶴的原則」。

傅益瑤在這場演講中，多次提到父親對她的教誨，除上述一例之外，最令筆者感佩的，即為傅抱石去世前對她耳提面命的一番話。

那是一九六五年八月間，傅益瑤考上南京師範大學中文系，開學前，父親當面給她的贈言，就是要她「謙虛謹慎」和「不要借錢」，並且對她進一步解釋說，所謂「謙虛」，指的是要了解自己的長短，不可妄自尊大，而所謂「謹慎」，指的是要她懂得自我保護，不能對任何人都深信不疑。至於「不要借錢」，則是勉勵她必須自立自強，不可動輒求人解囊相助。

對父親這番語重心長的庭訓，傅益瑤始終視之為刻骨銘心的座右銘，一生不敢或忘，因為，一個多月後，傅抱石就病發不起。對她來說，縱然父女情深緣淺，惟父親的那一席話，等同留給她一份最為珍貴的遺產。

在傅益瑤的眼中，身為藝術家的傅抱石，是一名不折不扣的嚴父，但他對子女的疼愛，與天下一般做父親的相較，又何曾稍遜！前不久友人電傳給我一部描述父子關係的微電影，雖說是不常見的希臘語發音，觀看後照樣讓人潸然落淚，再一次深深體會世間許多父親對子女無私的付出。

電影故事其實很簡單，講說一位老父親與中年兒子靜坐在自家花園裡的長椅上，父親目光呆滯，直視著前方的草地，兒子只顧讀他手中的報紙。突然，眼前飛來一隻小麻雀，父親問兒子：「那是什麼？」兒子瞄了一眼，答說「麻雀」，回過頭繼續看他的報紙。

過了一會兒，老父又問「那是什麼」，兒子感到有點兒惱火，不耐煩的答道：「我剛剛才告訴你，那是一隻麻雀！」稍後，那隻跳來跳去的麻雀，又飛到草地的另一邊，於是，父親重複問「那是什麼」，這次，兒子提高了分貝答道：「麻雀！麻雀！……麻雀！」

當老父親又一次問同樣的問題時，做兒子的再也按捺不住，怒吼道：「你為什麼要這樣整我？我跟你講了多少次那是麻雀！」這時，老父親一聲不吭，緩緩站起身來，蹣跚地走進屋子，找來一本封皮泛黃的日記本，要兒子大聲讀出其中一頁。

日記上記載了如許的場景：「今天，我剛滿三歲的小兒子，跟我坐在公園裡，一隻麻雀飛到我們面前，我的兒子連續問了我二十一次那是什麼，我也如實的一共回答了二十一次，而每一回他問同一問題時，我都會摟抱他一下。我絲毫沒有動怒，面對著愛兒一臉的天真無邪，我心中只有疼惜！」

讀完父親當年所記下的這一段日記，可想而知，那位做兒子的，不禁雙眼泛起淚光，轉過身子，緊緊摟抱著老父親！

說來，這部微電影的劇情真是再簡單不過了，所勾勒出的，不單是感人肺腑的父子親情，而且也讓觀者有機會重新檢視社會中父親的角色。或許，你也會認同美國名作家杜魯門（Margaret Truman）所言：「唯有在你長大成人，得以退後一步看他，或是在自己離他而去，成家立業之後，你這才能體認到父親的偉大，因而感念不已！」

我從傅益瑤的精彩演說中，體會出一位畫家父親的苦心，而我從一部希臘語的微電影中，體會出一位平凡父親的不凡！

我們可能無法總是對人

敞開家門或慷慨解囊，

但總應敞開我們的心房。

——美國主教　莫瑟曼

We might not always be able to

open our homes or our wallets,

but we always need to open our hearts.

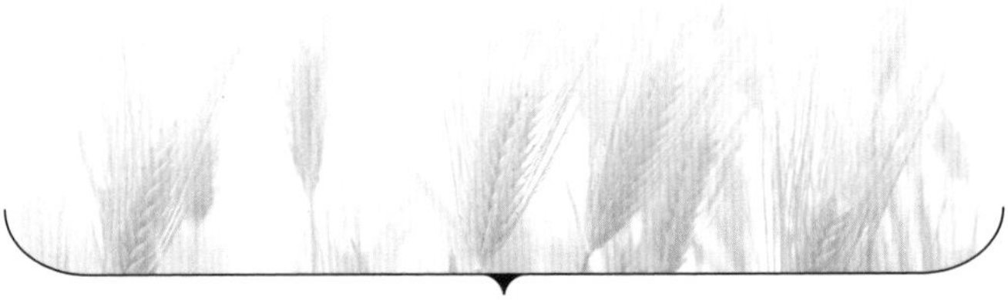

人間冷暖走一遭

不久之前，一個經常探討社會議題的美國網路團體，在紐約街頭進行了一場發掘人性的實驗，以測試人們究竟會不會以貌取人，亦即單看外表來決定自己是否展現同情心。其結果並不出人意表，卻仍廣受國際媒體的注意，紛紛把它當成趣聞加以報導。

這次實驗，是先由一位穿西裝、拿拐杖的年輕男模在路上行走，故意屢屢摔跤，而每次都有不少男女路人見義勇為，立即上前攙扶，頗能顯現社會溫馨友善的一面。

然後，又找一位男模打扮成不良於行的街友模樣，衣衫不整之外，還大包小包的拎著不少家當，依杖蹣跚而行，同樣連連摔倒，卻遭路人冷漠以對，唯一伸出援手的，竟還是另一位在路邊席地而坐的流浪漢。

在約兩小時的對照實驗中，不難發現，人們的衣著、外貌不僅牽動著他人的觀感，也決定了能否啟動他人的同情心，此一實驗的規模雖然不大，惟似亦足以看出人心往往有現實與勢利的一面，更印證了古人所點出「世情看冷暖，人面逐高低」的社會通病。

其實，類似的街頭實驗，以往在國外其他城市也進行過，情節的安排不管如何戲劇化，但其結論大同小異，由此可知，國情縱有不同，人性卻相去不遠。而因筆者早年駐外期間，曾多次前往摩門教的聖地美國猶他州鹽湖城出差，對該地有一份與眾不同的特殊情感，所以，對年前新聞報導當地一場相似的人性實驗，記憶猶新。

根據彼時「路透社」所披露，在二〇一三年十一月二十四日，也就是感恩節前的最後一個禮拜天清早，鹽湖城摩門教的主教莫瑟曼（Bishop David Musselman）福至心靈，把自己化妝成一身襤褸、潦倒不堪的跛腳遊民，佇立在教堂門外，向每一位經過的會眾獻上感恩節的祝福。

然而，多數人對他視而不見，甚至流露出一副避之唯恐不及的輕蔑神態，還有好些人出言不遜，驅趕他快快離開，只有少數幾位教友願意跟他握手，互道感恩節快樂，並掏腰包施捨零錢給他。

在禮拜進行中，突然有教會的長老邀請這位「不速之客」上台，等到莫瑟曼脫掉假髮、眼鏡、帽子等化妝道具，還其本來面目，會眾個個張口結舌，說不出話來，有人甚至忍不住低聲啜泣起來，為自己剛才的言行備感羞愧。

莫瑟曼事後對記者說，他當然可以輕而易舉的上台證道，不過，這回他想讓會眾領受一個永生難忘的生命經驗與教訓。顯然，他的這番苦心並未虛擲，在數日之間，即湧入大量來自教徒、朋友及陌生人的信件及電郵，對他所傳達的信息，大表感謝與肯定。

針對他自己這樣神來一筆的演出，莫瑟曼主教對外進一步解釋說：「我們可能無法總是對人敞開家門或慷慨解囊，但總應敞開我們的心房」，所強調的正是，愛心無假期，對人不應有大小眼之分。

就這一點來說，好萊塢演員湯姆漢克斯（Tom Hanks），就有令人不得不打心底佩服的地方，例如，數月前在他身上所發生一件饒富人情味的趣事，就很能打破人們對大明星高不可攀、目中無人的刻板印象。

事情依然是發生在紐約街頭，只是此次並非是什麼社會實驗。那日，一位即將換班的計程車司機，看見有人在路邊招手，停車後才知此人要去的地方並不順路，就婉轉解釋他無法提供服務的原因，對方禮貌的回說「還是謝謝你」後就走開了。

司機此時心中感到有點過意不去，轉念喚回那位招車者，而當對方喜出望外的上車後，兩人開始聊了起來。最初，司機並未一眼認出乘客究竟是何方神聖，但隨即他就感到聲音很是熟悉，再瞄了一眼後視鏡，才驚覺自己交上好運，竟然載到鼎鼎大名的影星。

當天這位計程車司機，頭上正好戴著一頂「法拉利便帽」，一路上，湯姆漢克斯就親切的直呼他為「法拉利先生」，下車時，還慨然同意合影留念。對這位幸運的司機而言，能與心中所崇拜的偶像巧遇，讓他樂得連忙昭告親友，猛誇巨星的平易近人，但其好運尚不止如此，不久就接獲簡訊，湯姆漢克斯請其夫婦去百老匯觀賞演出，並邀其參觀後台，在會面時，大明星仍不忘高聲稱他為「法拉利先生」。

講起來，湯姆漢克斯可是舉世推崇的國際巨星，他以主演勵志影片《費城故事》、《阿甘正傳》，兩度奪得奧斯卡最佳男主角獎，並在四十六歲那年榮獲美國影藝學院頒以終身成就獎，成為該獎有史以來最年輕的得主。他所主演的其他電影，諸如《搶救雷恩大兵》、《西雅圖夜未眠》、《阿波羅13號》、《浩劫重生》、《航站情緣》等，既叫好又叫座，無不成為經典，因而，以其在影壇的成就與地位，若對人稍端架子，諒亦無人會加責難。

然而，這位國際巨星與紐約計程車司機之間互動的插曲，卻顯示出他對人親切周到，毫無貧富、階級之「分別心」，而此事也多少顛覆了那些街頭實驗對人情冷暖的觀察，使你我對人性的良善與光明面，更增添了幾分信心！

要銘記於心：

每一天都是一年中最美好的日子。

——美國散文家　愛默生

Write it on your heart that every day

is the best day in the year.

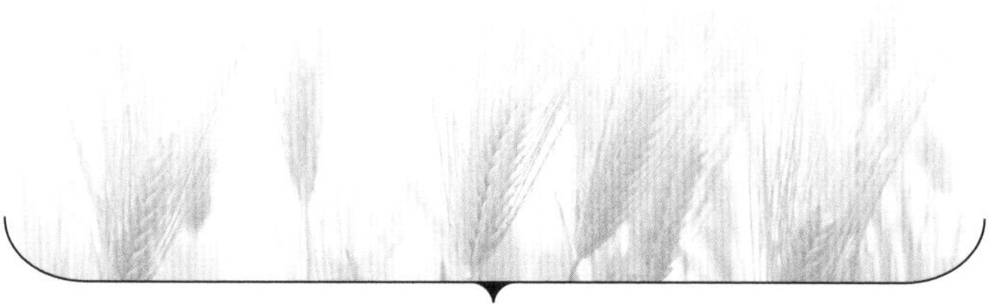

努力事「春耕」

對於任何一位喜好文學的人來說，無不是「書海漂一世」，一生都無怨無悔地跟書籍結了不解之緣，筆者亦不例外，而且深自感念，年少時有得天獨厚的生活環境，讓我有機會接觸到一些文壇大家之作。

特別是在此新歲伊始之際，不由憶起個人讀高中時，家住台北牯嶺街底，每天徒步上學不過二三十分鐘，即可踏入位於南海路、紅樓散發著古意的校區。而下學後，心情頓覺輕鬆，往往就會沿著路旁老榕樹下一家家櫛次鱗比的舊書攤，在清風習習、書香氤氳的氣氛中，信步閒逛。

雖然平日節省下的零用錢，極為有限，我還是盡己所能，情有獨鍾的買到一些在那個年月裡所謂的「大陸版禁書」，像是冰心、老舍、魯迅、巴金、沈從文等名家之作，無不在我尋尋覓覓之下，成為自己不輕易示人的精神食糧。

如今事隔數十寒暑，儘管「流光容易把人拋」，多少前塵往事都成過眼雲煙，我卻依然清楚記得年少時，從舊書攤幸運尋獲一冊由葉聖陶等文學前輩所共同主編的舊版《開明新編國文讀本》。這一本看上去類似國文補充教材的讀物，內中所精選的文章，多為經典作品，而其開卷篇，乃是一則題為〈努力事春耕〉的白話論說文。

不消說，那是一篇勵志性的文字，詳細內容早已不復記憶，但對該文夾敘夾議，反覆闡釋的一首五言詩，一直深烙於心。那首詩易記易懂，堪稱深入淺出，言近旨遠，詩文如下：

大地藏無盡，勤勞資有生；
念哉斯意厚，努力事春耕。

此詩的作者究竟是何許人，文中並未交代，不過，從現今台北故宮博物院所藏清乾隆琺瑯瓷器上的春耕圖，就題有同樣詩句看來，此一佚名詩至遲在清代即已流傳於世，故應非出自近代人之筆。

詩中所謂的春耕，應是莊稼漢一年農事的起頭活，此時非得把工夫下足，才能為一歲的豐收打好基礎。不過，詩中所講的春耕，顯然只是一種比喻的說法，所指涉的，應是包括莘莘學子在內的各行各業。

這也就是說，不論人們身處人生任何階段，在一年復始之際，都不妨效法晉代文學家陶淵明在〈歸去來辭〉中所言：「悟已往之不諫，知來者之可追，實迷途其未遠，覺今是而昨非」，深切自我省察與惕厲，決心不再蹉跎歲月，以免新的一年又再留白。

人盡皆知，在文學史上，陶淵明被定位為田園派創作的領航者，一般人在求學階段也必然細讀過其傳世名篇〈桃花源記〉，對他深受道家思想影響，寄情山林、不問世事的生活態度，一定印象深刻。

然而，人們若把陶淵明作品恬淡自然，且多以田園生活為題材，一逕解讀成他所抱持的是一種全然退縮、消極的人生觀，跟事實亦可能不盡相符。他曾作〈雜詩〉十二首，據當代學者考證，應是陶氏五十歲那年所成。

其中最常被時人所引述的一首，是這樣寫的：「盛年不重來，一日難再晨，及時當勉勵，歲月不待人」，字字句句，何嘗不是在勉人要珍惜似水年華，不斷振作奮進，實現人生未竟之夢。

話雖這樣講，但知易行難，現今在社會上為生活打拼的男男女女，為環境所迫，成天心為形役，日子過得既緊張又忙碌，平常沒事欲其驟然停下腳步，反躬自省一番，真有點強人所難。國人大抵如此，其他國家的民眾又何嘗不然？

因而，在歐美社會，人們於揮別舊歲、迎接新年之時，才不免回首檢視一下來時之路，一旦心有所感，對未來的一年每每寄以新計畫、新目標，甚至是一種新的自我承諾。一般說來，人們的新年願景，固然五花八門，不一而足，惟仍以落在現實生活層面者居多。我們若以「新年決志清單」（New Year Resolutions）一語在網路上隨意瀏覽，即知此言不虛。

舉例而言，二十世紀以解答讀者生活上各種疑難雜症，而馳名於世的美國女專欄作家安蘭德斯，即曾鼓勵人們在擁抱新的一年時，要採取具體行動，讓今年過得比往年更具質感，更有意義。諸如：

- 誓言完成一些自己原本想做，卻始終無法抽空去實現的事情。
- 打電話給一位失聯已久的老友。
- 拋開昔日的恩恩怨怨，以過往甜美的回憶取代。
- 對於難以信守的事，絕不再輕易做出承諾。
- 走路時昂首挺胸，時露笑容，讓自己看上去精神奕奕。
- 不要怕對人說「我愛你」，且應一說再說。

安蘭德斯不愧是一位人情練達、世事洞明的生活達人，其專欄之所以能夠擁有萬千死忠讀者，成為美國媒體文化的一景，實因她那睿智閃爍的文字，頗能貼近人性，而一針見血地道出問題的癥結，進而建言獻策。

再瞧她這份新年決志清單，乍看稀鬆平常，了無新義，但平實而言，又有哪一項不是你我可能的病根，或是引以為憾之事呢？

就以這兒所列的首則來說，無獨有偶的，被譽為當代十大後現代作家之一的尼爾蓋曼（Neil Richard Gaiman），也曾針對人們的新年願景如此說：「我希望在新的一年中，你會犯錯。因為你若犯錯，就表示你在從事新事物，嘗試新東西，在不斷學習，有新的生活，驅使你改變自己，改變你的世界。」

尼爾蓋曼這番話，若跟安蘭德斯的忠告相較，是否亦有異曲同工之妙？兩者所言的強度固然不同，但無非是勸人要勇於逐夢，勇於開拓新的視野，勇於自我實現，而不能讓自己永遠習於安穩，過著日復一日，年復一年，毫無長進的生活。

這些年來，全世界各地的人都很瘋跨年，而當人們湧向一地，齊聲開始倒數計時，並在歡聲雷動之中，目不暇給的觀賞夜空中火樹銀花、繽紛燦爛的煙火秀時，內心是不是也應盤算一下自己的「新年決志清單」？

亦即，人們在心存感恩惜福之心，慶幸自己又平平安安度過一年之餘，也該認真思考一下，究竟要如何努力事「春耕」，才能無負上天的恩待，而且，也才能真正回應到美國十九世紀哲學家愛默生（Ralph Waldo Emerson）的那句勸世名言：「要銘記於心：每一天都是一年中最美好的日子。」

擁抱新的一年時，要採取具體行動，讓今年過得比往年更具質感，更有意義。（陳輝明／攝）

生命的支點

別不相信，一句話能改變人生

作者：王壽來
主編：曾淑正
內頁設計：Zero
封面設計：邱銳致
企劃：叢昌瑜

發行人：王榮文
出版發行：遠流出版事業股份有限公司
地址：台北市南昌路二段八十一號六樓
郵撥：0189456-1
電話：（02）23926899
傳真：（02）23926658

著作權顧問：蕭雄淋律師
二〇一六年七月一日　初版一刷
售價：新台幣二八〇元

ISBN 978-957-32-7848-1（平裝）

ylib 遠流博識網 http://www.ylib.com
E-mail: ylib@ylib.com

國家圖書館出版品預行編目（CIP）資料

生命的支點——別不相信，一句話能改變人生 / 王壽來著 . -- 初版 -- 臺北市：遠流 , 2016.07
面； 公分
ISBN 978-957-32-7848-1（平裝）

855　　105009794